# 名句集100冊から学ぶ
# 俳句発想法

ひらのこぼ

草思社

名句集１００冊に学ぶ俳句発想法

目次

## 第三章 トーンを定める

## 第四章 決め技を持つ

第五章

# 自分らしさを出す

# はじめに

一度は読んでおきたい名句集、主要な俳句賞を受賞した句集、新鋭・中堅俳句作家の話題の句集などから100冊を選び、「新しい切り口や発想法がある」「ここが句作のヒントになる」といったその「学びどころ」に焦点を当てて例句を選んで紹介しています。

著名俳人の句集は廉価版で発行されていたり、アンソロジーで紹介されたりしていますが、代表句の紹介や作家論といった切り口で解説されているものが大半です。本書では、俳句入門者や俳句を始めて数年という方へ「この句集のここに着目!」といった観点から、それぞれの句集ごとにテーマを定めて選句・解説してみました。

一年間に発行される句集は八百冊余りに上ります。しかしそのほとんどは発行部数五百部から一千部程度。所属している結社のメンバーや著名俳人に贈呈されるだけで、他の一般の俳人や俳句ファンの目に触れることはあまりありません。

こうした最新句集のなかからも「これはぜひ読んでおきたい」という個性的なものを選んで紹介しています。「最近出た話題の句集が読みたいけれど手に入らない」「あまりたくさんあってどれを選んだらいいかわからない」「二千八百円とか高くて…」「どのあたりに着目して読んだらいいものか…」などといった方にも格好のガイドブックになるのではないかと思います。

句集の選定にあたっては、前述のように、俳人ならぜひ知っておきたいという名句集を軸にしながらも、個性的な句集や新しい傾向の見られる句集などを掘り起こすことに努めたつもりです。俳句初心者から中級者にまで参考になる「学べる」句集を選ぶことに留意しました。

さらにこれまでの「俳句発想法シリーズ」四冊に紹介されている句とはできるだけ重複することがないよう配慮もしております。前作の発想法シリーズをお読みいただいた方にも新鮮で魅力的な句をたくさん盛り込んでおります。

「私もひとつ句集を出してみよう」。本書を読まれてそんな気になられた方のために、あとがきに代えて「句集の作り方」をまとめてみました。あわせて参考にしていただければ幸いです。

## 例句掲載に関して…………

発表当時に正字体（旧漢字）を用いた句についても、本書では、適宜、新字体に換えて掲載しました。文中に引いたオリジナル作品にふりがながない場合も、難読字等にはふりがなを記しています。掲句の難読字については、句の下に読み方を示しています。

# 第一章

# 表現技術を磨く

気に入った句集を見つけたら
それは俳句上達のチャンス！
再読して、好きな句を抜き出して
それらの表現方法を研究します。
とりあえずはまず本章で紹介の
この二十冊に学んでみましょう。

# 1 写生の基本　『五百句』高浜虚子（1874-1959）

ホトトギス五百号発行を記念して、明治二十四年頃から昭和十年までの句から五百句余りを選んで編まれた句集。さすがに四十年間の句のなかから厳選されたものだけあって虚子の名句の大半が収められています。ではそんな名句集の句から写生の基本を学んでみましょう。

**桐一葉日当りながら落ちにけり**

**季語を写生**する。これはなかなか厄介です。ともすれば季語の説明だけに終わってしまいます。この句の眼目はもちろん「日当りながら」。言葉のリズムで動きも表現していてさすがです。〈流れ行く大根の葉の早さかな〉は流れの早さではなく、流れる葉の早さに着目しました。

**大空に羽子の白妙とどまれり**

羽子＝はね

**叙景**です。お正月の晴れ渡った空に羽子板の羽子を取り合わせました。ストップモーションです。〈遠山に日の当りたる枯野かな〉は遠景と近景の取り合わせ。〈たてかけてあたりものなき破魔矢かな〉。まわりになにもないということで破魔矢が主役となります。

**どかと解く夏帯に句を書けとこそ**

〈飛騨の生まれ名はとうといふほととぎす〉〈酒うすしせめては燗を熱うせよ〉。台詞で**情景**を**浮かび上がらせます**。〈ばばばかと書かれし壁の干菜かな〉は人間模様を落書きで。〈かりに著《き》る女の羽織玉子酒〉〈草に置いて提灯ともす蛙《かはづ》かな〉もシーンが目に浮かびます。

**金亀子擲つ闇の深さかな**

金亀子＝こがねむし　擲つ＝なげうつ

まるで放り投げられた金亀子の視線が闇の中を走って行くような気分になります。〈病む人の蚊遣《かやり》見てゐる蚊帳《かや》の中〉〈穴を出る蛇を見て居る鴉かな〉〈蛇穴を出てみれば周の天下なり〉なども**自分以外の目で写生**しました。〈蛇逃げて我を見し眼の草に残る〉は残像です。

**大いなるものが過ぎ行く野分かな**

**過ぎ行く時間**を描きます。〈年を以《もつ》て巨人としたり歩み去る〉は年越しの感慨。〈天日《てんじつ》のうつりて暗し蝌蚪《かと》の水〉〈大空に又わき出でし小鳥かな〉も作者の過ごした時間の長さを思わせる句。〈川を見るバナナの皮は手より落ち〉。一体どうしたんでしょう。放心状態です。

## 2 ざっくりと詠む

『喝采』白濱一羊（1958-）

十七文字で表せることはおのずと限られてきます。なにかポイントだけを伝えてあとは読者の知識や記憶でその世界を広げてもらうことが必要です。読み飛ばされずに「おやっ」と読み手に立ち止まってもらわないといけません。では、ざっくり詠んで読者をつかむ法とは？

**秋澄めり山の向かうに山見えて**

読者はこれまでに見た風景に重ねて句を鑑賞します。**読者に想像の余地を残す**ことが大切です。〈通学のバス丸ごとの更衣《ころもがへ》〉〈山笑ふ二日続きの披露宴〉なども見聞きしたことのある景。〈父の日といふ居心地の悪きもの〉。「わかりますよね、ご同輩」と語りかけました。

**穀象の黒く生まれてしまひけり**

ポイントだけ示してあとは思い切って省略。〈切るほかはなし凧糸のからみやう〉。具体的な情景は読者の想像に委ねます。〈遠くなるほど速くなり流し雛〉〈噴水に届かぬ高さありにけり〉〈スカートと呼べぬ短さ万愚節〉と詠まれると、ついその速さや高さなどを考えてしまいます。

## たかりたるものの形に蠅の群

「さあ、これはなんだかわかりますか」と**作者が問いかけます**。〈蝦夷栗鼠の雪の下へと埋めしもの〉〈蜘蛛の囲に何か逃げたる穴のあり〉。「一体なんなんだろう」と想像せざるを得ません。作者の思うツボです。〈疎ましきかの香水の近づき来〉もどんな女性なのか気になって困ります。

## 母ほどの齢の水着見てしまふ

齢＝よはひ

**喩えで読者を句の世界へ**誘う例。具体的な人物像を描いてしまいます〈あまり楽しくはありませんが〉。一方〈花筵人魚のごとく座りゐる〉は妙齢の女性の横座り。〈手枕に春眠といふ重さかな〉は重さ、〈奇術師のごとく花出す蘇枋《すはう》かな〉は花芽の開いてゆく様子を喩えました。

## 初糶の退くに退けなくなつてをり

糶＝せり

これはもう競り落とすしかないとムキになりました。〈サングラス名前呼ばれてしまひけり〉〈雪と告げ切れし聖夜の電話かな〉〈軍隊の話へ戻る夜長かな〉。一場面を提示して**前後のストーリーは読者で**というパターン。〈初螢抱きしめられて見失ふ〉は女性の視線でのワンカットです。

# 3 連想力をつける

『鎮魂《たましづめ》』西村和子（1948-）

「さあ写生しよう」と眺めていてもなにも思い浮かばないことがあります。そんなときはむりやりでも連想力を働かせましょう。「これはなにかに似ていないか」「なにかドラマがあるんじゃないだろうか」などなど。身近なものが輝いて見えてきます。では句集からお手本を。

**水芭蕉輪唱聞こえ来るごとし**

最初は「〜のごとし」という**直喩**。この句は唱歌「夏の思い出」からの連想かもしれません。〈舳上げ夜は銀漢を航くごとし〉は星空の下の船旅で。〈船鉾の天翔るかに雲速し〉は祇園祭。なかなか普通に詠むと類想になりがちですが、喩えることで個性的で雄大な句になりました。

**城垣は名刀の反り養花天**

石垣の反りを日本刀に喩えました。**隠喩**です。養花天とは花曇りのこと。お城の堀端でのお花見でしょうか。〈天日を孕みて翳る桜かな〉。翳っていてもどこか華やかな桜を「天日を孕む」と見立てました。〈みちのくの夜空の紺の祭着よ〉。地名を盛り込むことで景が明快です。

**目鼻口つまみ寄せたるひひなかな**

今度は**上級編の喩え**。ちんくしゃのお雛さまです。〈赤とんぼ一艇身を先んじて〉。一艇身とはボート一艇分の長さ。つまり赤とんぼをボートに喩えています。ボートレースも想像させて楽しい句です。〈初蝶の舞ふといふより告げ渡る〉。初蝶がひらひらと春を告げ渡っています。

**湯上りの声とおぼしき初電話**

なんだかゆったりとした話し方だったんでしょう。電話の先の相手の状況を想像してみました。〈癇性に薬局の雪掻きありぬ〉では雪掻きの状態で店主の性格分析。〈囀の中くつきりと呼びかはす〉〈神宿りたる飛魚の翼かな〉などのように**物語へ連想を拡げてみる**のもいいですね。

**恋猫の器量上りし窶れかな**

窶れ＝やつれ

なんだかアンニュイで色っぽい恋猫です。〈翻りたれば悪相熱帯魚〉も観察のたまもの。〈枯れ急ぐものに手を貸し庭手入〉〈年波といふことしだれざくらにも〉などと**動植物**とこころを通い合わせます。〈咲き残るものの高さに秋の風〉はご主人を亡くされてしばらくしての句。

## 4 自在な視点 『日暮れ鳥』守屋明俊（1950-）

都会的な詩情のある句があるかと思うと諧謔味あふれる句があったり——。一方で本格的な自然諷詠もあります。多彩な句風、視点が軽やかで自在です。新しい句材も巧みに取り込まれています。中高校時代に啄木調の句を作っていたこともなにか影響があるのかもしれません。

**何たる幸グラタンに牡蠣八つとは**

**生活の中でふっと切り取るシーン**がユニークです。〈台風の夜の酢豚の旨きこと〉と言われると、なるほどそうだなあと妙に納得させられます。〈義父を吹き我等を吹きて扇風機〉〈をとしの水着を捜す桐簞笥〉。当たり前なのになんだか戯画化されていて思わず笑ってしまいます。

**行く年の円を描いて消す燐寸**

亡くなった浅川マキの年末のライブでの作。〈走り根はさみしくないか梅雨茸〉〈春風やささくれ多き一位の木〉。こうした**アンニュイな雰囲気**を漂わせる句が句集のトーンの一つになっていることで厚みが出ています。〈電気工一人花見の灯を点す〉もメランコリーな気分横溢。

**馬刺より始めて盆の酒尽きず**

「会津帰省」と前書があります。このほか**土地柄を詠んだ句**が散見されます。〈大虚子の散歩せし道柿の蔕《へた》〉は小諸、〈水前寺清子の色紙夜鳴蕎麦〉は福岡。その土地ゆかりの人物名でひと味加えています。〈暑からむいとしこひしの大阪は〉では漫才の大御所を詠み込みました。

**遮断機に擦《こす》られながら草茂る**

**街角のスケッチ**です。〈大道具搬入口の芽吹きかな〉。こんなところに季節感を見出しました。〈追手風《おいてかぜ》部屋の若衆の浴衣かな〉〈魚屋が水ぶつかける神輿かな〉は風物詩。〈オムレツに春灯くるむ手際かな〉はレストランでの一句。〈五月雨やビルに三つの高利貸〉は新宿でしょうか。

**蝶の恋太き松にてわかれけり**

〈捨て冬瓜八つ我等と同じ数〉〈疲れたる芝生茸を産み終へて〉〈乗りきれぬ子亀は落ちて水の秋〉。**とぼけた味わい**があります。〈葛の葉の裏に風棲む風凄む〉〈コロンブスの卵も竹の子も茹でる〉は下五がオチ。〈昼寝覚誰か木魚で遊びゐる〉。いったいどんな夢を見たんでしょうか。

## 5 感覚で捉える

『和音』津川絵理子（1968-）

あとがきによると「自分の中でもやもやしていたものが一滴の雫になるときを待つ」というのが作者の作句信条。その瞬間は自分の感覚でものを捉えたときにやってきます。充分に時間をかけて目の前の景を一句に凝縮します。でもそこにはいくつかの方法論があるようです。

**鶏の駆けくるごとく夕立来る**

ぽつぽつと来て一気にざーっと来る夕立に、けたたましく駆ける鶏を思いました。〈鮊子《いかなご》を泥のごとくに量りをり〉〈踏み入りて草のしぶきの蜈蚸《ばった》飛ぶ〉〈秋蝶のひかり離さぬ翅づかひ〉〈考へのかたまつて浮く海月《くらげ》かな〉などと、理屈ではなく、そのときのひらめきで**喩えます**。

**落ちさうで落ちぬ水滴さくらんぼ**

シズル感たっぷりです。〈刃の触れてはじけ飛ぶ縄西瓜の荷〉〈水筒の水大揺れに初登山〉なども**その瞬間に焦点**を当てました。〈ひとすぢの折り目に立つや紙雛〉〈蟻穴を出づひとつぶの影を得て〉〈一幅に一字のあそぶ良夜かな〉などは一点だけに着目して印象的な句に。

**初蚊帳のすこしすつぱき香に寝たり**　蚊帳＝かや

〈てのひらの小銭のにほひ十二月〉〈朽ちてゆく木の香の甘き卯月かな〉。ふっとそんな匂いを感じた瞬間を見逃しませんでした。〈香水をかぐ一点をみつめつつ〉。香りに集中すると人はこうなります。〈腕の中百合ひらきくる気配あり〉も**微妙な体感を繊細**に捉えています。

**百歳の声を待ちゐる初座敷**

不安と期待。**時間の経過**が読者に伝わってきて思わず追体験してしまいます。〈軋みつつ花束となるチューリップ〉も同じ。〈蛇皮線に跣足《はだし》の十趾《じつし》をどりだす〉〈客の来し店より夜店はじまれり〉〈天高し音にはじまる陶器市〉などはなにかが始まる、その変化を捉えた句です。

**香水の香の輪郭の来て座る**

**大雑把な把握**も詩情を生みます。香りだけで描きました。このあたりがカンドコロ。〈いっせいに泡立草の天下かな〉〈極月のたてよこに掃く石畳〉などとできるだけシンプルに。〈蘂《しべ》といふ字のみつしりと梅の花〉は形状、〈あをあをと氷あふれて秋刀魚の荷〉は色の把握。

## 6 観察力を磨く

『砂糖壺』金子　敦（1959-）

大雑把に言うと俳人は言葉派と映像派に分かれます。この句集は映像派に分類されるのではないでしょうか。繊細な感覚で景を捉えます。いわばカメラマンの目。単なる写生ではなく、ほのかな抒情で捉えた印象的なワンカット、それが一句になっています。

**猫が飲む水のさざなみ鳥雲に**

静かな秋の一日。猫の舌のこまやかな動きまで感じさせます。〈夏蝶の触れゆく水の昏さかな〉〈蜻蛉の風をほどいてゆきにけり〉。**淡い抒情**です。〈月よりの風にふくらむ蜘蛛の網〉は幻想へ誘います。〈石鹼に残る砂粒海の家〉〈重箱の蓋裏くもる冬紅葉〉も驚くほどの繊細な観察力。

**のど深くまでサイダーの怒濤くる**

〈ひぐらしや指に乾きし紙粘土〉。**触感**を詠みました。季節感にあふれています。〈戻り来し猫の足拭く十三夜〉〈猫の爪切つて涼しき夜なりけり〉もひんやりとした手触りが伝わってきます。〈熱下がりたる手のひらに雛あられ〉〈ふところのパンあたたかき帰燕かな〉はいのちの温み。

## さくらんぼくすぐるやうに洗ひけり

**動作に着目**しました。〈いっせいに楽譜をひらく聖夜かな〉は緊張感。〈便箋の端を揃へて春惜しむ〉は、とんとんと揃えるゆったりした所作。〈ガーゼ切るしづかな音や夕端居〉ではかなげな音に着目しました。〈紐ほどくごとく冬蝶飛び立ちぬ〉も喩えが冴えています。

## マフラーの吹かれて長き渚かな

絵の中心にマフラーを風に靡かせて歩いてゆく女性を置きました。〈引き金に砂付いてゐる水鉄砲〉〈砂糖壺の中に小さき春の山〉〈夏蜜柑ごろりと海へ傾きぬ〉〈雛壇の上に鋏の置かれあり〉などは**静物画**。〈猫の尾に紙吹雪付くクリスマス〉も聖夜の情景が浮かびます。

## 山盛りのコーンフレーク蟬の声

**現代的な句材を巧みに自分の詩的世界**に取り込んでいます。〈永き日の合成のりの気泡かな〉。春の日差しを合成のりの泡に感じました。〈てのひらにムースを丸く今朝の秋〉〈缶コーヒー取出口の落葉かな〉も季節感が鮮明。〈消火器に白梅の花こぼれけり〉は赤と白の色の対比です。

## 7 多作多捨

『雑記雑俳』 徳川夢声（1894–1971）

夢声は活動写真（無声映画）の弁士を皮切りに漫談、演劇、小説と多彩な分野で活躍。俳句では久保田万太郎などが開いていた「いとう句会」に参加していました。「自選も面倒だ。いっそのこと全部並べちまえ」ということで成った句集。夢声流多作術の極意が垣間見れます。

**子供らの眠り醒ますな除夜の鐘**

極意①**日を定めて日常を詠う**。俳句の基本は多作多捨です。最初の奥さんを亡くした年の娘三人と過ごす大晦日。〈さめざめと雨に更けたり大晦日〉を手始めに十句。奥さんへの思いや子供たちの人形などが詠まれています。〈大晦日配給の酒飲み終る〉は終戦前年の大晦日の句。

**黒白の踏切棒の寒さかな**

極意②**車窓の景を詠む**。大船撮影所への車中詠です。ほかに〈残光に大仏黒き寒さかな〉など。〈麦畑黒の紋附歩きをり〉〈列車今登りとなりし薄暑かな〉は仕事兼再婚後の新婚旅行での句。〈車窓より見ゆる限りの山桜〉など興行の旅での車中詠も数多く詠まれています。

## 西瓜菩薩滋味無量一家昇天

極意③**事件のレポート**。戦時中、父親が西瓜を提げて帰るとそれはもう大事件です。〈娘らの溜め息つきし西瓜かな〉〈妻曰く幾何《いくら》したのと西瓜かな〉と詠み継いでいって最後に掲出句を得ました。〈花冷えの日曜日なり種を播く〉は夫婦喧嘩の発端。以下八句でようやく仲直りとなります。

## 動くもの時計ばかりの夜寒かな

極意④**周辺をスナップ撮影**。季語を定めた上で自分のまわりの景を切り取って取り合わせます。〈吸ひかけの煙草消え居る夜寒かな〉〈脱ぎ捨てし縞銘仙の夜寒かな〉などは身の回り。〈早寝して夜寒の中に目ざめけり〉〈老眼鏡かけて外して夜寒かな〉は自分自身のスナップです。

## 裏成りの南瓜喰ひけり負け戦

極意⑤**テーマを決める**。〈大東亜戦争と孕み猫とかな〉〈空襲ぢや闇のお酒ぢや年の暮〉〈降伏ときまりて重き昼寝かな〉〈蜩の多き年なり祖国《くに》敗る〉など敗戦前後はやはり戦争がテーマとなります。〈日やけして妻逞しく痩せにけり〉。終戦後もやはり妻には頭が上がりません

## 8

# 動きを詠む

『鏡浦《きやうほ》』小野恵美子（1942-）

風にそよぐ花や木々の枝、川の流れ、舞う花びら、人の動作など――。さまざまなものの動きは格好の句材です。でもそれを「静かに」とか「ゆったり」とか形容しても平凡なだけ。印象に残る句にはなりません。そんな動きを際立たせる表現法があれこれ駆使されている句集です。

**立春の光を揺らす縄梯子**

なんの変哲もない情景ですが「**光を揺らす**」ということで初々しい句に。〈糸で切る飴のいろいろ初天神〉。飴の切り口がきらりと光ります。〈酢を打つて飯立たせたる花の雨〉はちらし寿司でしょうか。飯粒に光を感じさせます。〈矢車の朝日をまはす海の凪〉は風と光。

**浦風に遅速ありけり酔芙蓉**

風の遅速ということで芙蓉の花びらの**揺らぎの変化**が再現されます。〈春の夜のさざなみ立ちて白湯茶碗〉では白湯にさざなみを立てました。〈杉の香の闇滔々と螢河〉。蛍火、川、そして闇が滔々と流れます。〈指の間を刻の流るる花吹雪〉。花吹雪を時の流れに見立てました。

## 糸車からから落葉しきりなり

糸車の動きと落葉の取り合わせです。〈紅葉濃きひとところ鱒反転す〉は景の切り取り方の妙。〈懸り凧浦風高くなりにけり〉では凧の**動きを風で写生**しました。〈小鼓の序破急に花ふぶくなり〉。風姿花伝の「秘すれば花」も思わせます。〈わが踏みし芝より目覚め夏の露〉は擬人法。

## 秋風や素描のままに画布暮れて

画布のなかを吹き抜ける秋風。**動きを想像させる**句です。〈大吊橋そのただなかの桜冷〉。吊橋の動きが伝わってきます。〈駘蕩の鷺におくれ毛ありにけり〉も風にそよぐおくれ毛が見えます。〈糶《せり》あとの水縦横に鰹季〉は糶が終わった魚市場がざぶざぶと水で流されたシーンです。

## 枝折戸をからりと避暑期はじまれり

〈福寿草襖ひらけば蒼き海〉〈蒼海へ双手ひらけば大南風《おほみなみ》〉。その**動きをきっかけに場面を転換**させます。〈竹皮の捨身ふはりと梅雨に入る〉はスローモーションで梅雨入り。〈沙羅散つて沖に新月ありにけり〉〈三の酉すとんと寒くなりにけり〉なども鮮やかな切り換えです。

## 9 句材の目利き

『知命なほ』伊藤伊那男（1949-）

あとがきに「俳句は命のうた。物を詠むが、その底に厳然たる我があるかどうかを自らに問わなければならない。これからも身丈にあった句をひたすら作り続けていきたい」とあります。どんな物をどんな視点で詠んだらいいいか――。句材の目利きになるためのレッスンです。

**手鏡の中より妻の御慶かな**　御慶＝ぎょけい

初化粧中の妻からの元旦の挨拶。手鏡のなかに顔が見えます。「これはいける」という句材発見です。〈逡巡のあとありありとなめくぢり〉。這った跡に「逡巡」を見ました。〈松手入こまごまと日を散らしけり〉では揉み落とされた松の古葉に秋の日差し。**着眼点が個性的**です。

**紙雛戸の開け閉てに倒れけり**　開け閉て＝あけたて

観察のたまものという句。〈まつさきに猫がよこぎる畳替〉〈女郎花壺に挿す間も花こぼす〉。しっかりと見て**瞬間を切り取ります**。〈ひきがへる跳びて揃はぬ後ろ足〉〈鳴く前の喉ふるはせて雨蛙〉〈茄子の馬膝といふもの無かりけり〉。**漫然と眺めずにどこかへ焦点**を絞りましょう。

## 筍に産湯のごとく湯を沸かす

なにかに喩える。あれこれ考えず、**そのときの印象を瞬発力で句に**します。〈蘭鋳のつまづくごとく泳ぎをり〉〈数珠を揉むごとくに蜆洗ひけり〉はクスリと笑えます。〈剝がされしごとくに吹かれ冬の蝶〉〈寒夕焼消ゆひと幕の下りしごと〉には情感をさらりと込めました。

## 包丁に一点の錆梅雨兆す

〈新海苔の端正に裁ち切られをり〉〈秋風や首を回せば鳴るこけし〉など、ふとしたときの**小さな発見**を詠みます。〈地蔵盆筵を巻いて終りけり〉〈猟犬の尾の逸りつつ地を打てり〉。人の気づかないところに思わぬ句材があります。〈どう見ても無駄働きの鵜のをりぬ〉。ハハハ、こんな鵜もいました。

## 秋風を聴くといふより見てゐたる

もの思いに耽っていて**ふっと我に返った瞬間**です。〈石蹴つて秋思といふは消えやすし〉も石を蹴って気を取り直したところ。〈貰ひ湯の闇に十薬匂ひけり〉。闇の中で嗅覚が鋭くなりました。〈夕鐘や瀬田の蜆の太るころ〉は、夕鐘→石山寺→瀬田の蜆といった連想でしょうか。

## 10 吟行のすすめ

『手袋』大山文子（1949-）

吟行の勘どころを学びます。とかく季語を探してそれだけを見て詠もうとしてしまいがちですが、それだとせっかくの吟行の意味がありません。①風景を構成する ②取り合わせを考える ③思いを景に重ねる ④地名を詠み込む ⑤シーンを詠む、といった方向でトライしましょう。

**舟降りてより対岸の桐の花**

舟で着いてからいままでいた向こう岸を眺めました。吟行では、このように**人の気づかないようなところへ目をつけましょう**。〈松脂の土にこぼるる旱梅雨〉〈表札のひと文字かくす青蛙〉なども思わぬ発見です。〈電車より見えゐる残り戎の灯〉。吟行地への行き帰りも狙い目。

**風鈴のけはしき昼の漁師町**

漁港での一句。**なにか取り合わせるもの**はないかと見回します。〈信長の石組あれば鳥渡る〉は安土城跡。渡り鳥を持ってきたことで景がぐんと広がりました。〈行く秋の野点に並ぶ登山靴〉は野点と登山靴。〈本堂で手を振つてゐるサングラス〉も意外性のある情景を切り取りました。

**ふるさとは砂が顔打つ石蕗の花**　石蕗＝つは

帰省した際の句。**眼前の景に思いを重ねました。**〈一人見えまた一人見ゆ冬の浜〉〈灯台に灯の入る鳥羽の雨月かな〉〈日の当たる方を流るる花筏〉もさりげなく情感が感じられます。〈眉少し太く描き来しお山焼〉。山焼きに対抗したわけじゃないでしょうが、気合を入れました。

**薬師寺のカーブミラーを白日傘**

ミラーの中の景色を描きました。薬師寺の**地名が生きています**。〈青梅雨の夜の大阪の観覧車〉は梅田の観覧車でしょう。ネオンが滲む大阪の夜景が見えてきます。〈探梅や顎に余呉の風少し〉〈芽柳の丈や祇園の暮永し〉〈宍道湖の春の没日に間に合ひし〉も地名で味わいが深まりました。

**ほうたるにみんな黙つてしまひけり**

待ちに待った蛍の乱舞にみんないっせいに声を失いました。鮮やかな**シーンの切り取り**です。〈読経すぐ白息となる橋の上〉〈夏羽織大丸前で降りにけり〉などは観察のたまもの。〈左手で粽を結ふを見てゐたり〉では、意外なところに着目しました。〈山の蟻祝詞の声に引き返す〉も楽しい想像の句です。

# 11 間を生かす

『雪片』久場征子（1940-）

お笑いも芝居も「間」が大事。俳句でも同じです。どこに間を取るかというとやはり中七のあと。ここで間を取ります（というか読者が自然と一拍置いてくれます）。そこで笑いが生まれる。そんな作り方です。作者は「川柳えんぴつ社」「川柳展望社」所属の川柳作家。

## 嫉妬心こぼさぬように拍手する

「あるあるそんなこと」という一句です。〈登れると言ってしまった木を仰ぐ〉〈自惚れと気づかれぬよううぬぼれる〉。**下五への「間」**でにやりとさせられます。〈幸せを問われたときは手を隠す〉〈気づかないふりして過ごす誕生日〉。こちらは少し淋しいシーン。

## おばさんになりきれなくているつもり

でも実際はすっかりおばさんなわけです。**自分自身を客観的に見つめた句**。〈顔色を変える私に隙がある〉〈嘘ついたあとの背筋はしゃんとする〉などなかなかの観察力です。〈ごく普通の不幸の一つ布団干す〉〈嘘泣きをしてたらいつかひとりぼっち〉はあきらめに似たひとりごと。

## 美しい蛇いろごとはかたちから

**作者流の人生訓**です。〈失敗はくり返すもの風呂の水〉。空焚きも繰り返します。〈ビーカーはビーカー立てに戻される〉。ものにも人にもそれぞれの居場所というものがあるというわけです。〈泣かれても葬儀屋さんはよく動く〉。なるほどこれは真理です。

## うきうきのアドバルーンに紐がある

今度は**自分の心理分析**。〈なりゆきのままにまかせて傘の中〉〈目で合図された気がしてついて行く〉などとふらふらしているようですが、〈頭では理解している横恋慕〉とどこかで冷静です。でも〈負けて勝つ手を使うにはまだ未熟〉と不器用な性質《たち》でもあります。

## コップ酒なあなあになる腹の虫

呑めば空腹も感じなくなりますが、それは勘違い。〈あんパンジャムパンみんな楽しい勘違い〉〈氷見いわし右向け右のままパック〉〈蟬が聞いていたのは蟬の声ばかり〉などと**皮肉に世間を眺めます**。〈一族のみんな似合っている喪服〉。お葬式でもこんなところへ目がいきます。

## 12 格の高さ

『山廬集』飯田蛇笏（1885－1962）

全千七百八十四句。読み通すのに少し骨が折れますが、切れ味のある凜とした調子や格の高い句姿、奥行きの深い余情などを学ぶにはうってつけの教科書です。最近は変則的な韻律の句も増えていますが、いま一度、立句（連句の発句）であった俳句の基本を確認しましょう。

**秋たつや川瀬にまじる風の音**

上五で切れて下五は体言止め。これはいちばん俳句らしいカタチです。上五に季語を置き、中七以降でそのときの状況を取り合わせます。〈秋暑し湖の汀に牧の鶏〉〈立春や梵鐘へ貼る札の数〉〈夜の秋や轡かけたる厩柱〉などと**時候の季語を用いると気品高い句**になります。

**芋の露連山影を正しうす**

上五で切って**二つの要素で情景を構成**します。この句では前景に芋の露を置きました。〈桔梗や又雨かへす峠口〉〈霧雨や旅籠古りたる山境ひ〉も余韻の残る風景が広がります。〈邯鄲《かんたん》や日のかたぶきに山颪し〉では虫の声を配しました。〈古宿や青簾のそとの花ざくろ〉は内外の景。

**流燈や一つにはかにさかのぼる**

まだ戻りたくない霊なのでしょうか。映像が浮かびます。上五で切れてはいますが、**上五を中七以下で補足説明する句**。〈死骸《ナキガラ》や秋風かよふ鼻の穴〉〈鳥追や顔よき紐の眞紅〉〈春猫や押しやる足にまつはりて〉〈秋の蚊や吹けば吹かれてまのあたり〉なども同じです。

**極寒の塵もとゞめず岩ふすま**

五七／五と中七で切れるカタチ。**下五でどっしりと受け止めます**。〈幽界へおつる音あり灯取蟲〉〈とゝのへて打ち馴らしけり蠅叩〉なども下五が主語となっています。〈くちつけてすみわたりけり菖蒲酒〉〈みめよくてにくらしき子や天瓜粉〉では字面で下五が安定する効果も。

**をりとりてはらりとおもきすすきかな**

〈灯してさゞめくごとき金魚かな〉〈刈る程に山風のたつ晩稲《おくて》かな〉など「かな止め」の場合は上五で半拍置いて詠み下すような調子に。〈忌中なる花屋の青簾かゝりけり〉〈おもざしのほのかに燈籠流しけり〉など「けり止め」はゆったりとした気息で詠みましょう。

## 13 かそけさを詠む

『瞬く』森賀まり（1960-）

そこはかとない淋しさのようなものが伝わってきます。でもそれは悲嘆とか孤独といったものではありません。いわば透明感のある哀しみといったものでしょうか。遠くを見るような眼差しで捉えた世界です。そんな「かそけさ」を詠んだ句、じっくりと味わっていきましょう。

**家中のしんとしてゐる桜かな**

春の昼下がりでしょうか。静寂の中の一人の時間。〈引潮に引かれてゆきし春の水〉は春愁。〈一つだけ音たててゐる蚕かな〉は小さないのちの音。〈かたかたと映写フィルムや冬の蝶〉は幼い頃への追憶。句のやわらかな調べも**かそけさのなかに滲む作者の情感**を伝えてきます。

**風吹けば毛の立ちそよぐ毛虫かな**

まるで毛虫になったような気分になるリアリティがあります。〈つぎつぎと山へ吹かるる蜻蛉かな〉も蜻蛉の風に流されていく**体感を感じる句**。〈吐く息の影の流るる氷柱かな〉〈くたびれて素足の指の遠きかな〉などは懐かしいようなけだるさ。ためいきを感じさせる調べです。

## かがみゐし子は露草を見てゐたり

目の前の情景をふっと詠んだだけのようですが、**子どもへの情愛**を感じさせるのはなぜでしょう。〈七種を泣いてきし子に打たせけり〉〈初夢を語りださむとする子かな〉なども同じ。〈また本を開きし人と春を待つ〉〈寒さうな塔を見てゐる鼻梁かな〉は静かな二人の時間です。

## こまごまと梅雨の鞄を出でしもの

**自分と向き合う時間**。多くを語らず、自分の動作だけでそのときの情感を表現します。〈長き廊下は悴《かじか》みて立つところ〉〈柏餅ゆるき眼鏡を外し置く〉。自分のいまをうべないつつも、なにか哀しみが広がっていきます。〈金魚玉嫌ひな顔のうつりけり〉はふと我に返ったときの一句。

## 白きものみんなかもめや冬座敷

ゆったりと時間が流れるなかの景。まわりを遠くを見るように眺めます。〈雪吊を大きな風の離れけり〉〈雲の影大きく過ぎし墓参かな〉など。**おおまかな捉え方**がかえって繊細な情緒を生みます。〈脱ぎすてしものに冬日の移りけり〉はけだるさの中で感じる郷愁でしょうか。

# 14 デッサン力

『百鬼園俳句』内田百閒（1889-1971）

「えっ、これがあの百閒？」と思われる方もいらっしゃるかもしれません。素直な写生句が並びます。あの諧謔と皮肉に充ちた随想からは想像できないような句風です。でもよく読んでみるとさすがにエッセイの名手らしい切り取り。写生句が主体ですがデッサンに力があります。

**裏川の水鳴り止まず春の月**

ふと目にした光景に季語を取り合わせる。**季語を存分に生かせるかが勝負**です。〈土手の松に月大いなる猫の恋〉〈藪陰をはなれし舟や雉の声〉なども同じ。〈昼酒の早き酔なり秋の風〉はいかにも飄々とした人生。〈薫風や本を売りたる銭のかさ〉は辞職した漱石へ贈った一句です。

**春近し空に影ある水の色**

水の面に映った雲でしょうか。〈水ぬるむ杭を離るゝ芥かな〉〈甕肌に荷縄の摺れや若葉照る〉。**目の付けどころ**が違います。〈川底は一枚岩や風薫る〉と普通は覗かないところを覗いてもみます。〈風ありて新樹淋しき大路なり〉。初夏の初々しい新樹を淋しいと見たのはユニーク。

## 独り居の夢に尾もあり初枕

初夢で一体なになったんでしょうか。**エッセイの書き出しの一行**のような句。〈元朝の薄日黄ろき大路かな〉と憂鬱な元日が始まります。〈大なまづ揚げて夜振りの雨となり〉〈火事を見て戻る道辺に犬居たり〉〈乾鮭をさげて俥に乗りに凫《けり》〉。話の続きが聞きたくなります。

## 衣更へて傘干す土手を歩みけり

雨上がり。気分のよい散歩です。〈町なかの藪に風あり春の宵〉〈片町に桶屋竝ぶや夏柳〉〈夕日さす漬物樽や秋暑し〉なども**逍遥での一句**。いずれも作者の視線を強く意識させます。〈饂飩屋の昼来る町や暮の秋〉。そろそろ肌寒くなった頃、饂飩屋も早めに屋台を引いて町へ出ます。

## 欠伸して鳴る頬骨や秋の風

**書斎での自分**を詠みました。〈朱硯に散りしむ墨や庭若葉〉〈燈火の色変はりけり霰打つ〉は身の回り。〈こほろぎや暁近き声の張り〉〈夜の雨露地にしぶきて明け易き〉は書き物をしていての句。〈抜け髪を庭に払ふや遠花火〉は気分を変えて庭に出たところ。情感たっぷりです。

## 15

# 水彩で描く

『火珠《ひしゅ》』西山　睦（1946‐）

爽やかで清新な写生句、シンプルに描かれた水彩画の印象があります。モチーフも多彩。山国や海辺の風景があるかと思えば、下町の路地のスケッチもあります。水彩で描くポイントは描き込み過ぎず、色合いのトーンを整えるのが一番。風景の切り取り方で個性を出しましょう。

**津軽富士裾は青田の波洗ふ**

**大景**です。裾をいうことでなだらかな山容を強調しました。〈鎌倉を日照雨が通る初詣〉。鎌倉で初詣といえば「鶴岡八幡宮」を思い浮かべる人が多いでしょう。地名を盛り込むことで景の再現性がぐんと高まります。〈山国の風生き生きと旧端午〉は旧暦の端午の節句の空と風。

**吹き晒す糶場の休み蝿交る**

糶場＝せりば

描こうという**風景の近景になにを持ってくるか**—。この場合は蝿。ひっそりした休日の魚市場が目に浮かびます。〈帆をたたみ舟帰りくる心太《ところてん》〉は茶店で涼んでいるところ。〈島の家の庇短し夏の雨〉は雨宿り。心太や庇で作者の位置が明快になり、そこからの景色が広がります。

## 佃島小橋を渡る猫の恋

恋猫を**点景**として橋の上に置きました。風情があります。〈日短か艀《はしけ》の上の植木鉢〉は植木鉢の花の色がアクセントに。〈十薬を一握り干す札所寺〉〈屋根替へて余りし茅に風の音〉。その地の人の生活感が伝わってくるものに着目しました。〈港より物売の来る稲架の道〉は人を点景として描いた句。

## 船で着く夕刊の東土用東風

東風＝こち

人々の**暮らしぶりを生き生きと**描きます。〈湯屋番の木を挽きに出る菖蒲の日〉〈裏口に出て魚捌く春夕焼〉〈教会も路地暮しなる雪を掻く〉〈出漁の春の霜解く舫《もや》ひ綱〉も動きのある景。〈村の湯の混み合つてくる雪明り〉〈ぎつしりと薪積む山家夕桜〉はあたたかなタッチです。

## しつかりともぐらの仕事十二月

年の暮、もぐらの穴を見つけました。もぐらも仕事に精を出しています。〈薄紙に包む鳥笛春隣〉〈鍛治の名を刃物に刻む菊日和〉〈窓磨き上げて九月の来てゐたり〉。なにかモティーフを決めて描いたら、あとは**時候などの季語を取り合わせて**季節感を加える。そんな作り方です。

## 16

# 対句を生かす

『日光月光』黒田杏子（1938 - ）

三十歳から桜花巡礼で全国の桜を巡ってこられたのは有名。この第五句集でも〈花満ちてゆく鈴の音の涌くやうに〉など、桜を詠んだ佳句が散りばめられています。もう一つ際立っているのが対句を生かした句が数多く見られること。ここではその対句の活用法について考えます。

**いつかふたりいずれひとりで見る櫻**

〈草庭のおぼろこの世のおぼろかな〉〈一遍のこゑ空海のこゑ野分〉〈病歴も句歴も古りぬ都鳥〉など。対句は**言葉を対にする**レトリック。調べのよさからも印象深くなります。〈曾祖母の雛祖母の雛みどりごに〉〈ぶな山を過ぎひば山に冷えまさり〉では時の流れを感じさせました。

**父の葉書はは の巻紙後の月**

「Aの～、Bの～」という対句です。〈藤袴母に白曼珠沙華父に〉〈噴井鳴る父若ければ母もまた〉も同じやり方。〈丸餅やよし切餅のさらによし〉〈極月の邯鄲《かんたん》暁の鉦叩〉〈墓あれば花墓地あれば大櫻〉など、バリエーションも多彩です。〈朝櫻地獄極楽夕櫻〉は変化球。

## ねぶた来る棟方が来る闇が来る

「来る」を三回、**畳みかけるように**続けました。〈この國にあり炎熱忌原爆忌〉。炎熱忌は八月五日（中村草田男忌）、そして翌日は広島原爆忌です。〈みみず蛇むかで海亀梅雨鯰〉〈寒鮃寒鰤寒の真鯛の眼〉〈うれしさの木の香草の香木の實の香〉などは並べ連ねた面白さ。

## 逢ひ訣れ逢ひ訣れ雛飾りけり

**同語反復**です。〈髪染めず爪染めず道すずしかり〉〈いちじくを煮て棗煮て燈を消して〉〈枯れて立つ枯れ切つて立つほこらかに〉。繰り返すことで、なにか自分自身に言い聞かせているような効果が出ます。〈しんしんと寒気しんしんしんと集ひきて〉はオノマトペの繰り返しです。

## かくれ谷とは紅葉谷しぐれ虹

谷の紅葉を見て、次にしぐれ空の虹へ目を転じます。いわば谷の風景の見どころを並べたといった句。〈ふるさとの川は那珂川鮎の川〉では那珂川を鮎の川と**言い換え**ました。川が三回繰り返されてリズム感があります。〈都鳥かの世この世の川湊〉は此岸彼岸を思いつつの一句。

17

# こくを出す

『青空』和田耕三郎（1954-）

京のおばんざいのようなうす味仕立て。でもこくがある。そんな俳句が詰まった句集です。たとえば、焚き合わせというのはそれぞれ出汁で煮た素材を組み合わせて、絶妙のハーモニーをかもし出しますが、そんな感じの取り合わせ。シンプルながらも深い味わいがあります。

**停電に沈丁の香のさまよへり**

真っ暗な中にぽつねんと作者がいます。**俗なものを取り合わせることで生活感**というアクセントをつけました。〈紙袋春のしぐれに濡らしけり〉〈一本の空瓶の影夏めけり〉〈セロハンを一枚めくる油照〉。それぞれ身の回りのもので季語の新しい世界を広げることに成功しています。

**そらの青知り尽くしたり木守柿**

**下五に置いた季語で景を定める**。そんな作り方。〈道端に引越の家具初燕〉。とりあえず家具を運び出したところ。春の引越シーズンの空があります。〈故郷の灘ひかりをり羽抜鶏〉。海を見つめている羽抜鶏と作者。〈軍港に雨が降るなりクリスマス〉。軍港も今日は違って見えます。

**橋の灯のいつせいに点く夕立かな**

現代版の広重の浮世絵です。**街角で詠む俳句**。〈花火終へ倉庫の裏を帰りけり〉〈極月のビルの引越ありにけり〉。切れ字で街角のなんでもない風景を俳句に定着させます。〈芭蕉忌の長き地下道歩きけり〉。帰路に地下道を通るだけなんですが、芭蕉の旅にそれを重ねました。

**チゴイネルワイゼン海へさくら散る**

**場面を転じて一句に**。劇的なヴァイオリン曲の流れる室内から海へと目を転じました。鮮やかな切り換えです。〈拝啓と書きしばらくは芽吹山〉も部屋から窓の景色へ。〈山といふ山に桜や鮒を煮て〉はその逆。〈にぎり飯一口さくら吹雪きけり〉は眼前からふと目を上げたところ。

**にはとりに炎天の沖ありにけり**

作者の目でにわとりが沖を眺めています。〈ひと泳ぎして教会に来てをりぬ〉〈春の宵父が坐りて飯となる〉。大真面目に詠んだおかしさ。**ユーモアの隠し味**です。〈天体望遠鏡抱へて春を惜しみけり〉。蕪村は〈行く春や重たき琵琶の抱き心〉と詠みましたが、これはその平成版です。

## 18

# 心模様を詠む

風景の切り取り方で自分の心模様を伝える。これには写生にちょっと技量が要ります。その時の気分や思いを滲ませつつ描かなければなりません。風景だけでなく、行動で感情を表したり、動植物に自分の思いを託したり…。主観写生の句、いろいろトライしてみましょう。

**うかみくる水のゑくぼや花わさび**　『梟のうた』矢島渚男（1935-）

水泡をえくぼと見立てました。そこへ爽やかな辛味のある香り。**浮き立つような気分**が伝わります。〈楽隊のホルンに映り桃の花〉〈安曇野や囀り容れて嶺の数〉〈水に落ち跳ねゐる水や金鳳華〉も同じ。〈山空のまたたく燕きたりけり〉はいかにも爽やかです。

**きさらぎや暗きところに海うごく**

**憂愁**です。〈秋風や草には草の影法師〉〈遠くまで行く秋風とすこし行く〉などと当たり前なことをさらりと詠んで情を重ねます。〈曇り日のはてのぬか雨猫柳〉も憂鬱な気分。〈雪の闇から何かくる誰にくる〉〈渦潮をたましひ覗き込むごとく〉はなにか胸騒ぎのするような不安感。

**背泳ぎにしんと流るる鷹一つ**

はるかなものへの**憧憬**。〈炎天を断つ叡山の杉襖〉〈鰤の子のさばしる夏に入りにけり〉〈洗はれて朝の嶽《たけ》濃し沙羅の花〉は勇壮な気分にあふれた句。〈秋草を刈り抱けば空ゆくごとし〉〈一日づつ消して銀河の裏へ行く〉にははるかな思いに孤愁や荒涼感が少し加わっています。

**鶏頭をこづいて友のきたりけり**

この人物の性格までわかるようです。**行動や動きを写生することで心模様を浮き上がらせる**詠み方。〈萱刈や午前も午後も日がひとつ〉〈じゃが薯を植ゑることばを置くごとく〉もひたすらな感じが伝わります。〈父がまづ走つてみたり風車〉。親子の会話まで聞こえてきそうです。

**ががんぼの一肢かんがへ壁叩く**

まるでなにか考えているようながんぼの動き。それを自分に重ねるように見ている作者。**動植物へ自分の思いを託して**詠みます。〈鮟鱇にいくつかの星出てきたり〉〈ともにねてひとつゆめみる浮巣かな〉〈かたまつてゐねばさみしき菜が咲けり〉なども哀愁感漂う景。

## 19 レポーターに徹する

写生句の要諦は、描きたい情景のなかの核になるものをつかむこと。そしてその核に絞り込むことです。事件の核心に迫るニュースレポーターや旅番組の取材記者のようなセンスが必要となります。常識や自分の思いなどに引きずられることなく冷静に観察しなければいけません。

**湖の舟揚げられてある冬田かな**　『雪解』皆吉爽雨（1902-1983）

詠もうとする**情景の核**になるものを見つける。それをポイントに一句にします。〈日永ひねもす籾殻流る岸辺かな〉も「籾殻」で田園風景が浮かびます。〈時雨るゝや芝に小さき蔦紅葉〉〈風迅き莨《たばこ》をすへり晩稲《おくて》刈〉〈白蚊帳《かや》の大紋どころ避暑の寺〉にもそれぞれ発見があります。

**釣り暮るゝ人を呼びをり鮎の宿**

ワンシーンを詠むことで**ストーリー**を浮かび上がらせます。〈母織れる窓の下なる雪あそび〉〈昼の三味ひいてかへる妓鮎の宿〉〈訪ふ人の焚きつげる火や冬の滝〉は小説のひとコマ。〈草庵や客泊むる間の雛仕舞〉〈金屏を仰いで客となりにけり〉なども家の佇まいが伝わる句です。

## 炭出しにゆくつぶやきは又雪か

雪国（福井）育ちの作者のつぶやきでしょうか。〈甚平の紐むすびやる濡手かな〉。母親の情愛を感じさせます。〈梅雨の道傘へ入りきてをしふなり〉はふとした街角でのスナップ。〈皆立ちて舟のとゞまる蓮見かな〉〈石段をひろがりのぼる遍路かな〉なども巧みな**人物描写**です。

## 露の貨車病める軍馬を下ろし発つ

前書に「日支事変起る」とあります。貨車が止まってまた発車するまでの出来事をレポーターの目で詠みます。〈遠泳子波間々々につゞきけり〉〈皆が借る百姓笠や蓮見舟〉なども**情景の再現性**が高い句。〈工場の夜半のけむりや舟涼み〉は大川（旧淀川）の昭和初期の風景でしょうか。

## その中にあがる朱竿や鮎の渓

あっと驚いた、**その一瞬を捉えます**。〈鵜をさばくひまの会釈をくれにけり〉と鵜匠のさりげない会釈も見逃しません。〈串の火を吹つ消したぶる鶫《つぐみ》かな〉は自分が火に驚いたところ。〈天守より鷺追ふ声や春の雨〉〈餅花の影ふえゆるゝ畳かな〉などは旅ものの取材記者の視線です。

## 20 詩的写生術

『平日』飯島晴子（1921-2000）

『私の俳句作法』というエッセイ（毎日新聞　平成二年五月）に「写実を通してその向こうに一つの時空が出現してこそ俳句である」とあります。眼前のものを詠んで詩的な世界に転じる。時間や場所を「いま」とは別のところへ誘います。そんな詩的写生術の技を盗みましょう。

**死の如し峰雲の峰かがやくは**

峰雲のひかりから死のイメージへ。〈気がつけば冥土に水を打つてゐし〉〈かくつよき門火われにも焚き呉れよ〉なども眼前の景からふっと死後の**心象風景へ転じています**。〈わが闇のいづくに据ゑむ鏡餅〉〈吾が裡《うち》に音失ひし卯波かな〉なども静かな心奥の世界へ誘います。

**月見草ここで折れてはおしまひよ**

月見草を見ていて「いやいやこんなことではいけない」と気を立て直します。〈冬紅葉気随言はせて貰ひけり〉〈枯蓮最後まで手を出さぬこと〉なども**対象を眺めつつ浮かんできた思い**。〈この凪に覚えのありぬ松迎〉〈蛇苺誰彼の影よぎりけり〉。回想の中身は季語がヒントです。

## 落葉降るアリスのトランプのやうに

落葉が不思議の国のアリスのトランプ兵のように降ります。〈大綿やだんだんこはい子守唄〉では弱々しく飛ぶ綿虫から子守唄の世界へ。〈少女去る昼顔のへりめくれしまま〉〈残雪に煙草火を刺し男去る〉。ふとした人の動きから読み手は**作者の物語の世界**へ引き込まれていきます。

## 大風の吹きあつまれる牡丹かな

風に舞う艶やかな牡丹の世界。〈毒茸真つすぐに夢見る如し〉〈蓮根の穴同士にて嘆かへる〉〈尺蠖《しやくとり》の己れの宙を疑はず〉なども**対象に感情移入**しました。〈端座して雛の吐息聞くとせむ〉と雛の嘆きを聞いたり〈見ておかむ枯蟷螂の髭の影〉と蟷螂の憂いに思いを寄せたりもします。

## 神楽笛吹く狩衣の袖外し

外し＝はづし

なにかの行事の嘱目でしょうか。でも思いは**平安時代へワープ**します。〈夕されば享保の雛頬長し〉は江戸時代、〈伊勢は風棲める国なり枇杷青く〉は神代、〈縄文の火色うごめく寒の昼〉では縄文時代まで遡りました。〈街道の迎火それぞれなる火勢〉は戦国時代でしょうか。

俳句でなにを詠みたいのか――。
これが俳人としての出発点ですが
句会の兼題などで詠んでいると
意外とこれが定まりません。
本章を参考に
自分の詠みたいモティーフを
絞り込んでください。

# 第二章

# モティーフを絞る

# 21 壮年期の孤愁

『枯野の沖』 能村登四郎 （1911・2001）

四十五歳から五十七歳までの句を収めた第三句集。壮年期から老いを感じ始める五十代半ばまで――。自負と共に焦りや不安がある年代に詠まれた句群です。主なモティーフは中年の孤愁といったものでしょうか。作者が好んで作る枯野の句はそんな人生の風景なのかもしれません。

**厳冬が来る人の瞳を澄ますべく**

冬へ向かって背筋を伸ばしました。〈雪嶺立つ四十の熱き血の彼方〉〈夕焼けて百千の巌個に緊まる〉〈炎天といふ充実をふりかぶり〉。**中年の矜持**を風景に託しました。〈澎湃と暮色を白め男滝〉も自負を男滝に重ねます。でも〈昼まではつづかぬ自負や著莪の花〉という日も。

**血の音のしづまるを待つ単衣着て**　単衣＝ひとへ

心落ち着かない日。〈枯草を野望のごとく拡げたる〉〈落葉ひらめく静かに急かる齢《よはひ》あり〉と焦りもあります。〈呪詛の語と寒夜の稿に錐とほす〉〈芦刈るや冬禽のごと舌打つて〉などは**やり場のない苛立ち**。〈羽抜鶏羽ばたくときの胸の張り〉はそんな自分の戯画化でしょうか。

## **曼珠沙華胸間くらく抱きをり**

自負とは裏腹に**不安感**を拭いきれません。〈夜へつづく雲の量感曼珠沙華〉〈火事を見る一塊のくろき影となり〉〈秋蚊帳《かや》に寝返りて血を傾かす〉と弱気になったりもします。〈洗硯《せんけん》のゆくへ迷へる墨一縷《る》〉。なかなか「四十にして惑わず」とはいきません。中年の憂鬱です。

## **鮟鱇の襤褸の中の骨太し**

襤褸＝らんる

骨太。でも吊るし切りにされた鮟鱇です。〈こころいつか蟇の孤独の唱に和す〉〈一雁の遺せし羽かただよへり〉と蟇や雁に自分を重ねます。〈春ひとり槍投げて槍に歩み寄る〉はスポーツ選手ですが、シジフォスの神話を思わせます。〈逝く春や忘れ梯子の裏抜けて〉は**虚脱感**。

## **火を焚くや枯野の沖を誰か過ぐ**

焚火で暖をとっていると、枯野をまるで作者自身であるかのように横切ってゆく人が見えます。〈胸奥の景に雨ふるひとつ鳰《にほ》〉〈夏つばめ高ゆくは老かくすため〉。あたかも**「これが人生だ」というような風景です**。〈並木座を出てみる虹のうすれ際〉。並木座は銀座にあった名画座。

## 22 いのちを詠う

『歳月』結城昌治（1927-1996）

結核は治療法がなく死病といわれた時代。その療養所で数多くの俳句が詠まれました。石田波郷の『借命』は療養俳句の金字塔といわれます。その波郷が入院していたとき、隣室にいたのがのちの直木賞作家、結城昌治でした。死と隣り合った日々に詠まれた句集です。

**棺を打つ谺はえごの花降らす**

谺＝こだま

胸を打つ弔意あふれる句。〈木の芽道遺体重しと下ろさるる〉〈初蝶や死者運ばれし道をきて〉。療養所の屍室から遺体が運び出されていくのを「明日はわが身」と入院患者が眺めます。〈六月の些事《さじ》のごと訃をもたらさる〉。療養所の日々は**死と向かい合う日々**でした。

**枯原を出るまでうしろ振り向かず**

入院と決まって療養所へ向かう道です。**生への渇望とあきらめ**がないまぜになったような気分が滲み出ています。〈寒き顔映れる水を飲み干しぬ〉〈春の日を燦々浴びてやつれけり〉〈秋の夜の何にたかぶり寝つかれぬ〉は明日への希望もなきままいたずらに過ぎてゆく日々の句。

**夕ひぐらし静かになりし息をつぐ**

長い療養生活のなか、**慈しむようにいのちを見つめる**時間。〈病みて三たびの除夜の鐘々聞きつくす〉〈熱少しありて聞きをりちちろ虫〉などと一刻一刻を愛おしむように過ごします。〈いぬふぐり病者らはみな尻小さし〉などは療養所の同病者たちへの優しい眼差しです。

**降る雪に降られをり当てもなく出でて**

病状もかんばしくないままに療養所を退所。**鬱屈した思い**を引きずったままの暮らしです。体に悪いとは思っても〈おとろへしいのちに熱き昼の酒〉と酒に手が出ます。〈春愁の渡れば長き葛西橋〉は、石田波郷の代表句の一つ〈立春の米こぼれをり葛西橋〉を思い起こさせます。

**人去ってひとりになりし焚火かな**

〈水中花病めば病にならふべく〉〈ひげ伸びて牡丹眺めてけふも鬱〉。**諦観**が徐々に染み付いてきます。〈行く雁や起き臥しつねに変らねど〉〈梅咲いて寂しき庭となりにけり〉〈はぐれ来て羽子板市の人となる〉。淋しい景ですが、そんな日々を肯《うべな》っているかのような作者がいます。

## 23

# 嘆きの詩

『鶲《ひは》』清水径子（1911‐2003）

師である秋元不死男は「清水径子の個性は『嘆きの詩性』にあるのではないか。しかしその嘆きがむしろ潔い。新鮮で歯切れのよい詩味を感じるのはそのためだろう」といったことを書いています。では、嘆きの句を情にもたれずに、かつ詩情あふれるものにするための秘密は――。

**八月や膝ついて絲切れし音**

「俳句では感情を詠み込むな。**モノに語らせよ**」といわれます。糸が切れた音はふっと気抜けした瞬間。八月ということで終戦日も思わせます。〈光陰の萍へ戸を閉める音〉。昨日までの自分をきっぱりと否定しました。〈夏痩にやさしく柱匂ふなり〉。この柱は自愛の心でしょうか。

**手足うごく寂しさ春の蚊を打てば**

打ち沈んでいるのに、意識もなく蚊を打ってしまう。**動きで嘆きを表現**します。〈ふりむきて身に前後あり露けしや〉〈飯饐ゑて声あぐ誰も見ず知らず〉。振り向いても声をあげても独りです。〈喉乾く八月山のどこ見ても〉は焦燥感。〈口中に飴ぼんやりと春の雪〉は茫然の態。

## 金魚死す赤き祭を二日経て

〈短き世ひたすらに白さるすべり〉。無常観でしょうか。**嘆きを動植物に語らせます**。〈風あれば人の世をとぶ草の絮〉〈泪目に寒卵生むだけの鶏〉。でも人は生きていかないといけません。〈落日に諸手つく老きりぎりす〉〈夏蓬すでに匂はず昏れきらず〉。老いも迫ってきます。

## 凍天に干シュミーズのある場末

捨て鉢な気持ちと焦燥感。そんな気分を**風景に語らせました**。〈風ときて寒柝《かんたく》消ゆる鏡かな〉。寒柝は火の用心の拍子木の音。寒々しい心象風景です。〈黒雲のま下はなやぐ芒原〉は不安感、〈海底にも棺はあるべし若布の香〉は死へのあこがれのようなものを感じさせます。

## 音もなく女のふとる松花粉

子孫繁栄のため花粉は飛び、女は太る──。屈折感のある思いです。**なにかに象徴させて**嘆きの思いを語ります。〈考へる影起きあがる白蒲団〉〈ふと水のやうな炎天もの書けば〉ともの思いは続きます。〈壁鏡雛の夜は雛あつまれり〉は湧き上がってくるような怨念かもしれません。

24

# 俳諧枕草子　『何の所為《せゐ》』大場佳子（1944‐）

「春は曙、夏は夜、秋は夕暮」。なにが好きでなにが嫌いか。自分の好みをはっきりという「をかし（興味深い）」の世界。平成の世で清少納言が俳句を詠めばさぞかしこんな風ではないでしょうか。ユニークな観察眼と美意識で独自の俳諧ワールドが展開します。大胆な断定がポイント。

**ねぢばなの戻る気のなし狂ふべし**

「そんなに拗ねているんならもう狂っちまいな」と言い捨てます。〈曼珠沙華来るな来るなと人を呼ぶ〉。いかにも**穿っています**。〈めまとひの人を選んでをれぬなり〉〈なるやうになると山々笑ひだす〉も擬人化です。〈そして亦心機一転笹鳴けり〉は自分への応援歌なんでしょうか。

**横顔の何も言ふなといふ端居**

今度は**人のスケッチ**。〈踊らぬにいつも一番先に来し〉。こんな人が確かにいます。〈どちらにも難ある話ばつたんこ〉〈亡骸はみんないい人秋の風〉などと人の話を聞いていてもどこか覚めた目で眺めます。〈いつ来ても何も買はざる雪女〉と歓迎したくない客もやってきます。

## さみしさがやさしさになる星の数

〈頬杖の片手なにせむ秋のこゑ〉など――。日頃は〈きつぱりとわたくしでゐる寒月下〉と**強がっていても気弱になる時**があります。一方で〈本日は海鼠気味にて休業す〉〈星飛んで明日も売子でありにけり〉とケセラセラ。〈秋冷のいま身に適ふめしぢやわん〉と達観したりもします。

## 風船は人を離るることをのみ

ハハハ、風船はじつは人間嫌いなのでした。〈湯婆のじつと我慢をしてをりぬ〉。熱さにひたすら耐えている湯たんぽ。〈拗ねもせず出世の影の竹婦人〉と健気です。〈白玉の離れがたきは何の所為〉は箸で取ろうとしても離れない白玉。**身の回りのものへ向ける目**が個性的です。

## 賑やかに黄泉へ近付く踊かな

**世間を斜に眺めます**。でも皮肉な目ではありません。人生なんてそんなものという超然としたところがあります。〈星祭郵便局の混み合へり〉〈三寒と四温の間《あひ》の特売日〉も同じ。人の世を粛然として眺めます。〈炬燵して以下同文の足ばかり〉。なるほど、その通りです。

## 25

# 予兆を詠む

『容顔《ようげん》』樋口由紀子（1953-）

気鋭の川柳作家の第二句集。日常のなんでもないようなできごとを詠んで、ふっと読者を不安な気分に追い込んでしまう。はるかな昔へ、不気味な異界へ。そんな非日常の世界へ思わず誘われてしまうような予兆が身の回りにあるのです。ではそれをどう見つけるのか――。

**むこうから白線引きがやって来る**

運動会の白線、それとも道路の白線でしょうか。なにか新しい規律でもあるかのように男がやってきます。〈南から桃売りがくる午後の部屋〉〈うずくまる幼女が見える向こう岸〉〈魚に似ている人を追い抜く昼下がり〉なども同じ。ふっと**なにかの予兆**かと不安がよぎります。

**白桃を踏んだと母が告げにくる**

いったいこれからなにが起こるのか。**事件の発端**です。「どんな事件か」は読者が考えます。〈つぎつぎと紅白饅頭差し出され〉。次々と出されてはなんだか不気味にもなります。〈和箪笥の把手に長い汽笛あり〉〈月曜の午後がうつっている絵本〉にもなにか事件の予感があります。

## 石棺の蓋を閉じると風が吹く

**喪失感**です。〈鳥たちが三面鏡からいなくなる〉〈押し入れに馬を連ねて消えていく〉。なにかが終わった。「それまでにどんな物語があったんだろう」と読者は作者の世界に入り込んでしまいます。〈風船の紐長くなる父母の家〉〈秋風や親指で消す父の国〉は離別のイメージ。

## わたくしの生れたときのホッチキス

一気に誕生の頃へ**タイムスリップ**。ホッチキスにまつわる話はわかりませんが、作者の強い視線は感じます。〈水底にロバのパン屋はやってくる〉。水底に蝌蚪の国ならぬ、懐かしい幼い頃の世界が広がります。〈抱擁のすがたのままの林檎園〉はまぶたに焼きついたままのシーン。

## くちびるの意識が戻る藪の中

異界でなにかあったのでしょうか。〈面の紐結べば橋が見えてくる〉〈ビル解体姉のうしろで鳥になる〉〈荒野から両手両足垂れ下がる〉〈わたくしのなかの兵士が溢れ出す〉。さあ、**妖しげな時間**が始まります。でも〈非常口セロハンテープで止め直す〉と用心も怠りありません。

## 26 不思議からくり

『水を朗読するように』河西志帆（1948-）

作者独特の視線でながめた世界が十七文字に―。そんな雰囲気の句が揃っています。日常のなんでもないものやことが、なんだか作者の目を通して見ると、不思議なのぞきからくりの中の世界に変わります。さあ、まずは河西志帆ワールドにどっぷりと浸かってみましょう。

**おいそれと揺れぬ糸瓜の疲れかな**　糸瓜＝へちま

のぞきからくりにまずは動植物が登場。〈とりあえずのつもりでずっと赤とんぼ〉〈かわほりの真昼に死ぬという遊び〉などと**擬人化**されます。〈根っこまで矯正された葱ならぶ〉〈黄昏を諦めているやつがしら〉〈はっきりとニセアカシアと言っている〉などなかなかの役者です。

**とりかえしつかぬところに夜の桃**

〈中年や遠くみのれる夜の桃〉（西東三鬼）の桃がとんでもないところにあります。ほかに〈一途なの時代遅れのヒヤシンス〉〈妻の字が毒に似ている蛇苺〉など。**自分自身の描写**です。〈おしろい花始めの一歩だけ怖い〉〈サニーレタス錆びたり会いたくなったり〉は心理描写。

### 午前二時日傘の母が立っている

夢の中の母でしょうか。**妙な現実感**をもった**不思議な光景**です。〈寒晴の服に入って立っており〉は自分のまわりの世界への違和感。〈号泣のあと厄介な凍豆腐〉〈一途といえば手袋にかなうまい〉〈ぐずぐずと春が蛇口の奥にいる〉など、ものとの距離感に独特のものがあります。

### 野火のあとここは昨日がよく見える

人には**振り返り癖**があります。〈落とし蓋のように師走が降りてくる〉といったんは心に納めた過去もなにかのきっかけで鮮やかに甦ります。〈鬼灯をつぶす涙の種が出る〉〈大むかで叩いて叩いてかなしくなり〉〈真裸で屈葬のかたちで泣いて〉。基調音は「哀しみ」です。

### ヒヤシンス奈落の蓋は下にあく

〈贅沢な孤独はだしで靴をはく〉〈夜の桃死ぬまで化粧水たたく〉〈正確なものはつまらぬ曼珠沙華〉。**処世訓を含んだ寓話の世界**が広がります。〈頭痛くる前に午睡を片付ける〉は生活の知恵。〈オトコエシメシハガツガツショクスベシ〉は世の草食系の男たちへのメッセージです。

## 27 今日を詠む

『澪標《みをつくし》』三好潤子（1926-1985）

多病で入退院を繰り返す日々でした。一番大切なことは、今日生きていること。病気漬けともいえる状況のなかで詠まれた「今日を生きる」句です。「俳句はものに語らせよ」といわれますが、病状に一喜一憂しながらも精一杯生きた証しともいえる私情の句に感動させられます。

**今年また生きねばならぬ更衣**

**生への執着**。いま、このときを生きると自分に言い聞かせます。〈命得て一筋ごとに髪洗ふ〉はいのちの愛おしさ。〈点す火にいのちを懸くる恋螢〉〈雪片の負けず嫌ひが先争ふ〉は蛍や雪片にわが身を重ねました。〈花吹雪花の言葉の空に満つ〉といった穏やかな日もあります。

**病む吾も女の一人針供養**

**病を詠んだ句**にも嘆きのトーンはありません。〈燈台に咳する螺旋形の咳〉〈走馬燈吾が病歴の廻りをる〉と冷静に病と向き合います。〈雷鳴に醒《さ》めたる顔を誰も知らぬ〉。弱気な自分を他人には見せません。〈病衣とて衣更ふれば華やかに〉と自分を励ましつつ日を送ります。

## 曼珠沙華立ちゐて何も怖れざる

**強**さへの**渇望**。〈香水を振り撒く男除けのため〉〈悪女かも知れず苺の紅つぶす〉ではちょっと強がってみました。〈激雷の何をなせとや踊の夜〉と不安の中、あせりもあります。〈吾が吹けば悪玉ばかり石鹼玉〉と居直ったり〈行きずりに聖樹の星を裏返す〉と拗ねてもみます。

## 風葬となるべき蝶に出で逢へり

〈湖に一輪月の落ちゐたり〉〈雲中に黒きマントの裾広げ〉なども**死のイメージ**の句でしょうか。〈サングラス掛くれば吾に霊界見ゆ〉〈雛壇に死神坐る吾病めば〉と冥界は身近な存在です。〈死ぬときの吾が簪《かんざし》よ曼珠沙華〉〈曼珠沙華吾が忌日には挿して欲し〉は切ないような曼珠沙華。

## 氷中に入りて無策の花となる

強く生きようとは思いつつも**心が折れる日**もあります。〈霧濃くて人生を引き還せざる〉〈曼珠沙華咲けり多恨の汚名被て〉〈土踏みて死ぬまで歩く蟻の列〉は諦念。〈正装の石鹼玉地に落ちて来ず〉は健康な日々への憧れでしょうか。〈雲水が行く炎天を寂として〉は達観です。

## 28 吾子俳句　『子の翼』仙田洋子（1962-）

吾子《あこ》俳句といえば中村汀女などに名句がありますが、わが子可愛さが先に立ってしまって、いい句が生まれにくいと言われています。しかし出産や育児を俳句のテーマにしない手はありません。では類句に陥ることなく個性的な句を詠むにはどんな点に留意すればいいでしょうか。

**みごもりのからだけむたし藤の花**

妊娠中の句。**体の感覚を実感を込めて**詠みます。体がなんとなくだるいような気分でしょうか。それを「けむたい」と表現しました。〈胎動をいざなふごとし春の海〉〈春あけぼの胎児とひとつ呼吸せり〉。胎児の動きに敏感です。〈待つといふ華やぎもあり夕ざくら〉もわかります。

**雲の峰はひはひの子をはなちけり**

子との日々を季節感たっぷりと。〈乳吸へよ晩夏の光吸ふごとく〉〈かなかなや赤子に遠き空を見せ〉〈水澄むやみどりごの瞳にかなふべく〉。**子供の成長を季節の移り変わりのなかで**捉えます。〈子を高く揚げて秋の祭かな〉〈肩車して鳥の巣の高さまで〉は目線を少し高くしました。

## みどりごをくすぐるによきすすきかな

**子とのふれあい**を詠みます。〈吹ききれぬたんぽぽの絮母《わた》が吹く〉〈をさなごも手を添へて墓洗ひけり〉〈母の掌の蟹が怖くてどうするか〉。季語を安易に取り合わせるのではなく、もうひと工夫しましょう。〈洗ふことうれし実梅もみどりごも〉では赤子の尻を実梅に見立てました。

## 福助のごとく座す子や梅の花

〈正面に赤子の尻や秋の暮〉〈子の尿のきらきらとして春の山〉。可愛い一辺倒でなく、少し**冷静な目**でわが子を観察しましょう。〈みどりごの目のくりくりと野分かな〉〈春しぐれ赤子に熱き舌のあり〉〈をさなくて男の眉目青あらし〉などとじっくり顔の表情を俳人の目で眺めます。

## なりたての母に大きな夏帽子

**母親となった気持ち**。大きな夏帽子が誇らしさを感じさせます。〈百年は生きよみどりご春の月〉〈春濤のひかりを呼べり乳母車〉〈太陽の色の初蝶来たりけり〉〈洗はれしごとき日輪小鳥来る〉は子の明るい未来への願いを季語に託しました。〈月夜茸そだつ赤子の眠るまに〉。子の夢を母も一緒に見ます。

## 29

# メルヘンへの誘い

『鍵盤』谷口摩耶（1949-）

日常のふとした情景からおとぎ話が始まる。そんな雰囲気をもった句集です。夢みる頃を過ぎても、こうした世界を失わないでいたいものです。作者は宮沢賢治に愛着を持たれているようですが、ときにはグリムやイソップ、アンデルセンなどを読み返すのもいいかもです。

**鉦叩まざあ・ぐうすの夜がくる**

マザー・グースは英国の伝承童謡。子守唄、おとぎ話、なぞなぞ、数え唄などざっと八百ほどあると言われます。そんなメルヘンの世界が始まります。〈ふるさとの草の穂架をあやしけり〉〈連弾の最後の和音夕焼す〉〈水仙のたくさん咲いて寂しくて〉なども**物語の発端**のような句。

**からつぽのポスト花野の始まれり**

ポストを覗いたらそこは花野でした。〈江ノ電がゆりかごとなる竹の秋〉。電車に揺られてゆく**メルヘンの舞台**。〈蝶生れて光あつまる越の国〉〈どの村も海鳴りの中おけさ柿〉。ふっと昔話へ誘われます。〈虫の音のあふるる家へ帰りけり〉と、わが家へ帰ってもお話が続きます。

## 蝸牛おほきな自由持て余す

蝸牛＝かたつむり

〈水馬《あめんぼう》すいとしがらみ捨てにけり〉〈山の日に眼の慣れてきし蜻蛉かな〉。**童話の主人公**たちです。〈縋るもの無くて落栗はじけたり〉〈花嫁のやうな寡黙を花辛夷〉などと擬人化します。〈化粧《けは》ふほど哀しき山となりにけり〉〈秋風にまはされてゐる観覧車〉。多彩な登場人物です。

## 噴水の力んでみせる童話村

**童話の一場面**を詠みます。〈子の瞳ほたるぶくろに覗かれて〉。蛍袋が逆に覗き込んできました。〈スニーカーに囲まれてゐる兜虫〉は兜虫からの目線。〈ジョーカーの離れぬままに年の暮〉。これは複雑な気分です。〈鉛筆がぽとんと落ちる冬座敷〉ははっと夢から覚めたところ。

## 雨の輪に動きはじめる蝌蚪の国

**童画のような風景**です。〈冬月夜海老は手足をほどきたる〉〈からすうり山の寝言を聞いてをり〉なども絵が浮かんできます。〈旅先の傘へ綿虫入れてやる〉もなんとも優しい情景。〈帰り来ぬ人へ開けおく月の窓〉〈燈籠を明るい方へ流しやる〉。さあ、たましいの物語が始まります。

30

# 世代論を詠む

『黄金《おうごん》の街』仁平　勝（1949-）

巻末に〈追憶はおとなの遊び小鳥来る〉の句があります。団塊の世代である作者の青春の欠片《かけら》がちりばめられている句集。「世代論」や「風景論」「恋愛論」といった章立てもユニークです。自分たちの世代をいろんな角度で振り返ってみるというのも作句のテーマになりますね。

**親爺からげんこつもらふ雲の峰**

まずは**子供の頃の記憶**から。〈原つぱに斬られて死ぬる涼しさよ〉〈小春日や紙の相撲は組み合はず〉。映像がくっきりと頭に残っているこうしたシーンが誰しもいくつかあるはず。それを句にします。〈叔父といふ人が西瓜を提げて来し〉。印象的な出会いもいくつかありました。

**鳥雲に入る物干しの割烹着**

**自分の原風景**ってなんだろうと考えてみましょう。いわゆる郷愁を呼ぶような幼い頃に見た風景です。〈炎帝のむかし氷屋鋸を挽き〉〈金魚売消えて真水の匂ひかな〉などは当時の夏の風物詩。〈踏切に秋の踏切番がをり〉。これはＪＲがまだ国鉄だった頃、懐かしい昭和の風景です。

## 難解は有難味なり胡桃割る

今度は大学生時代です。埴谷雄高、吉本隆明、アンドレ・ブルトン…。**難解な書は**ファッションでもありました。〈三島忌のレインコートを始末せり〉〈空缶を灰皿にして桜桃忌〉とお決まりのように三島と太宰。そして〈論争の黄金の街《ゴールデンがい》明易し〉となります。

## だまし絵のなかに暮春のやうなもの

でも堂々巡りです。〈砂山を崩して夏の終りけり〉〈風鈴を鳴らして風の音を聞く〉〈秋雨は無声映画のやうに降る〉。青春の日々も過ぎてゆきます。〈団塊の世代と呼ばれ心太《ところてん》〉〈端居してむかうにもそれらしき人〉〈男来て足場をはづす春の暮〉となにか**脱力感**もあるような…。

## 手も足も梯子をのぼる秋の暮

〈短日やシャツは袖口から痛む〉〈暖房の効きすぎてゐる演歌かな〉。高度成長期の日本、社会に出ても**違和感**があります。〈アメリカの歌をうたひて昭和の日〉。戦争を知らない世代としてどこか遠くで引け目のようなものも感じます。〈甚平着て古新聞を縛りけり〉は現在の自画像。

# 31 戦争を詠む

『北方兵團』片山桃史（1912-1944）

日支事変の勃発した昭和十二年に召集されて大陸各地を転戦した二年八ヶ月の間に詠まれた句をまとめた句集。反戦のメッセージや激情を戒めつつ、兵士としての日々が強靭な精神力で詠まれていいます。昭和十六年、再度召集。十九年東ニューギニアで戦死。享年三十三歳でした。

**雪ふれり酔ひては人らみなやさし**

暗雲の垂れ込めた戦時下の暮らし。〈ひぐらしや人びと帰る家もてり〉〈母と子に夕餉の豆腐秋ふかし〉。**人々への優しいまなざし**に胸が痛みます。〈よりどころなき眸に夕べ雪ふれり〉〈影法師動くことなし雁渡る〉〈鵙《もず》鳴けり日は昏るるよりほかなきか〉。諦観とも違う歎きです。

**いつしんに飯くふ飯をくふはさびし**

〈飯をくふ顎骨は逞しきかな〉。戦場にも兵士の日々、暮らしがあります。〈飢餓うすれ陽炎重く眠りたる〉〈あきのかぜ水筒に鳴り天に鳴り〉〈慰霊祭をはりて葱を刻みゐる〉。反戦といったメッセージをことさら詠み込むのではなく、**兵士である自分の日々を詠う**。そんな句です。

**我を撃つ敵と劫暑を倶にせる**

〈敵眠り我眠り戦場に月〉。いたずらに戦闘場面を詠うことなく、それでいて悲惨で救いのない戦争というものに対する怒りがこみ上げてきます。〈冷雨なり眼つむり歩く兵多し〉〈流れ弾とべり軽傷兵饒舌〉。当時よく詠まれた、いわゆる**戦火想望俳句とは一線を画しています**。

**燃ゆる街犬あふれその舌赤き**

**極限状態の戦場で平静心**を保ちつつ、現地の人々や街へ目を向けます。〈穴ぐらの驢馬と女に日ぽつん〉〈地の涯の秋風に寡婦よろけ立つ〉〈ひと死ねり旗にぎやかな春の街〉。戦場でも人の心を失わない。〈たくましき黄河いつぽん地を貫けり〉。若くても肝の据わった俳人でした。

**兵隊の街に雪ふり手紙くる**

思いは故国の母親へ。〈たらちねの母よ千人針赤し〉。感情を露わにすることなく情愛にあふれた句。〈枯原に軍醫の眼鏡厚かりき〉〈頑なに言ひ争へば寒月下〉〈雪原に兵叱る聲きびしかり〉などは**戦場での人間模様**。〈歌をきゝしばらく耳の明かるかり〉は軍楽隊の演奏を聴いての句。

## 32

# いのちの光と影

『日の鷹』寺田京子（1925-1976）

あとがきに「病むことより知らなかった私にとって、この十年は、社会にはじめて素裸でふれた歳月ともいえる。ないはずのいのちをつなぎとめ、放送ライターの仕事をしながら、世のさまざまをみた」とあります。なんとかつなぎとめたいのちの光と影の日々を詠んだ句集です。

**日の鷹がとぶ骨片となるまで飛ぶ**

飛べるまで飛び続けよう。そんな悲壮な決意が伝わってきます。〈零下の汽笛今日生き通す声あげて〉〈樹氷林咳をするとき身のひかり〉はいのちを確かめるような瞬間。〈首たてて海を見にゆく秋の風〉〈金の麦刈られてゆくは胸の幅〉などと、**いのちを実感できる日**もあります。

**青鬼灯つねに小声にわれのうた**

いのちの**愛おしさ**。小さいとはいっても希望や夢を失ったわけではありません。〈眠りは祈り地へ直角に麦育つ〉〈雪の夜のへヤピン海の匂ひもつ〉と自分のいのちを見つめます。〈栗のいが落ちるいのちの音たてる〉〈名なきもののうたごえ菜の花真つ盛り〉は草木への共感です。

## マッチ擦るごとき恋の冬帽子

病弱であっても恋する日々があります。そんなときでも〈樹氷林男追うには呼吸足りぬ〉〈男物裁つ寒色の過去ひろがり〉と、つい物怖じしたり気弱になったりします。〈病歴ががらんがらんと冬の坂〉〈犬となり吠えれば野火もやさしからむ〉と**自分の中に閉じこもりがち**です。

## 春服着てからだの中を汽車過ぎゆく

なにか空しさのようなものが体のなかを吹き抜けてゆきます。〈浅草の初冬ひからぬものは見ず〉と強がってはみるものの〈樹氷笛吹きおんなの老いは背後から〉と**不安**を拭えません。〈凍てが鞭鳴らす銅板の湾にきて〉〈紅葉嶺の修羅いまわれも樹となりぬ〉は心象風景でしょうか。

## セルを着て遺書は一行にて足りる

涼やかにセルを着てみても遺書のことを考えたりします。〈死者の眼鏡かけみて青葉の景見える〉〈天につながる梯子雪ふる奥に見ゆ〉〈手の中に死神がいる寒暮なり〉と、**死とはいつも隣り合わせ**のような日々。〈桃咲くやすぐに忘れる他人の死〉。他人の死にも無頓着を装います。

## 33 奇妙な空気感

『天気雨』あざ蓉子（1947-）

あとがきによると「定型の強固さを武器に、強引な言葉の『取合せ』や『切れ』の作用から意味のズレを生じさせて、そこから詩を発生させる」というのが作者の流儀。奇妙な空気感のある句が並びます。でもどこか納得させられます。なぜなのか。その秘密に迫ってみましょう。

**戦前の写真のようにカンナ咲く**

戦前の写真ですからモノクロームです。で、燃えるようなカンナ。どういうことでしょうか。でも終戦の日の空なども思わせてなぜか納得させられます。〈石屋には石置いてある雁のそら〉〈蓮の花白く塗られる人の顔〉〈八月はパントマイムの傘さして〉も**不思議な空気感**のある句。

**指揮棒のまわり冬野となりにけり**

一体どんな曲が演奏されたんでしょうか。**シュールな映像**が浮かびます。〈草原の風の尾となる夏の蝶〉〈花ふぶき身は水底にいるような〉〈月光が玄関で靴脱いでいた〉などもまるで抽象画の印象。〈生国という一枚の虫時雨〉。生国を一枚めくると虫時雨が聞こえてきました。

## こつんと遺品こつんと扇風機

遺品がこつんとあります。ぼんやりした時間の流れのなかにこつんと扇風機が鳴りました。〈淋しさを今朝の鎖骨と思いけり〉。**因果関係があるわけではありませんが、この感じはわかります。**〈いちじくを思えば深い井戸である〉〈人形を起こしていると牡丹雪〉はちょっと悩みます。

## 炎天が絵本のページめくりだす

さてどんなお話が繰り広げられるんでしょうか。〈陽炎のなかの切手を取り出しぬ〉〈白布よりうさぎ百匹二百匹〉と**童話**が始まりました。〈公達のぞろぞろと行く虫の籠〉〈うさぎたちかとであるくまひるの木〉〈緑陰や小人のふえる郵便箱〉など一話一話がユニークです。

## 胡瓜もむ女は舟のかたちして

欧米では船の名に女の人の名前をつけるのが通例です。でもこの場合は丸木舟のような反りを想像すればいいのでしょうか。そうした**謎解き**が楽しめる句。〈この世とは夕刊のおと梨の花〉〈秋風のあなたを広くたたみけり〉。さあ、あなたならこれらの句をどう解釈されますか。

34

# 下町情緒を詠む

『荷風句集』永井荷風（1879‐1959）

耽美な江戸情緒を隠し味に、下町での暮らしが懐古的に詠まれています。いかにも文人らしい俳味と風格がある句。厳選されているだけに佳句揃いの句集です。下町で住まいを転々とした時代や玉の井の私娼街を舞台とした『濹東綺譚』を髣髴とさせる句が数多く見られます。

**蝙蝠やひるも灯ともす楽屋口**

戦前戦後の華やかかりし頃の浅草でしょうか。昼も灯ともす裏町の雰囲気が出ています。〈荷船にもなびく幟や小網河岸〉は日本橋の小網町。当時の賑わいが伝わってきます。〈深川や低き家並のさつき空〉。現在の清洲橋あたり、「中洲の渡し」がありました。**下町風情**です。

**鯊つりの見返る空や本願寺**

鯊＝はぜ

**人物スケッチ**です。見返ると築地の本願寺、東京湾で釣りを楽しむ太公望がいました。〈夕河岸の鰺売る声や雨あがり〉も築地の魚河岸。〈永き日や鳩も見てゐる居合抜〉は浅草、〈葉ざくらや人に知られぬ昼あそび〉は向島の茶屋、〈春寒や船からあがる女づれ〉は柳島です。

### 正月や宵寝の町をかぜのこゑ

下町の**自宅でのひととき**。〈夕風や吹くともなしに竹の秋〉〈北向の庭にさす日や敷松葉〉〈よみさしの小本ふせたる炬燵哉〉など、閑静な家の佇まいが見えてきます。でも〈八文字ふむや金魚のおよぎぶり〉と金魚を見て花魁《おいらん》を思ったりもします（八文字とは花魁道中で花魁が行う特殊な足運びのこと）。

### 粉薬やあふむく口に秋の風

ひとり住まいの病中吟。〈秋雨や夕餉の箸の手くらがり〉〈出そびれて家にゐる日やさし柳〉（さし柳は挿し木にした柳）と淋しさは隠せません。〈稲妻や世をすねて住む竹の奥〉〈住みあきし我家ながらも青簾〉といった**暮らしぶり**。〈永き日やつばたれ下る古帽子〉は自画像です。

### 気に入らぬ髪結直すあつさ哉

芸妓に**乞われて扇に書いた一句**。なかなか粋です。〈青竹のしのび返しや春の雪〉は清元の師匠へ。〈春の船名所ゆびさすきせる哉〉は市川左団次丈の煙草入の筒に。〈半襟も蔦のもみぢや窓の秋〉は絵姿に添えた句。〈川風も秋となりけり釣の糸〉は四谷怪談の画賛。渋いです。

# 35 看護の日々

『見舞籠』石田あき子（1915-1975）

石田波郷は戦後まもなく結核が再発。以来妻である作者は一男一女を育てながら、二十年以上にわたって看護を続けました。夫のもとへ見舞籠を提げて通った日々――。そんななかで自分を見失わず、日常をしっかりと生き、あたかも祈りでもあるかのように俳句を作り続けました。

**藜刈る女手に鉈振り上げて**　藜＝あかざ

歎いていても始まりません。子供もいます。〈白魚をすこし買ふ傘傾げつつ〉〈植木屋に嵩む払ひやきりぎりす〉。**日常生活をしっかりと**送ります。でも〈冬の蜂花買ふ金は惜しまずに〉。日々を豊かに過ごそうとも思います。〈白菜を漬けしばかりに暮れゆけり〉と一日が終わります。

**沙羅の花夫を忘るるひと日あり**　夫＝つま

〈夫遁れ家遁れ来てくさいちご〉。悲しみで打ちひしがれていてはいけません。自分を見失わないための時間が必要です。〈母の日の看護休みを呉れにけり〉と子供も協力してくれます。〈端然と坐して讀む書や朴落葉〉〈山鳩の羽搏《う》つしづけさ朴の花〉。そんな一**人の時間**です。

## 巣燕や胸の中なるひとりごと

一日も早く夫が癒えて家族で暮らしたい――。〈癒ゆる方へ廻りそむなり走馬燈〉〈寒林や一歩一歩が祈りの歩〉。**祈るような日々**です。〈聲出して己はげまし水を打つ〉と自らを元気づけます。〈ひとたびは夫歸り来よ曼珠沙華〉は「たとえ一度でも」という悲痛な叫びです。

## 夫見舞ひ来し一事のみ初日記

〈葡萄洗ふ病室の隅まづ灯し〉〈誰へともなき禮寒き療舎辞す〉。**病院通いがすっかり日常**になりました。〈緑さす仰臥の夫の鬚剃れば〉〈苺つぶすわれも病床《ベッド》に椅子寄せて〉といった日もあれば〈病人の機嫌鋭し秋薊《あざみ》〉〈病床に聲なき夫や落葉焚〉と夫が不機嫌な日もあります。

## 今年また夫居ぬ柊挿しにけり

柊＝ひひらぎ

〈一些事に躓きしより悴《かじか》めり〉〈逢ふ不安逢はぬ不安や一輪草〉。気丈に暮らしていても淋しさは拭えません。〈無雑作に重ねし年や年酒享く〉と**不安も募ります**。〈牡蠣すすり己欺く一語かな〉と自分をごまかしたりします。〈このままの晩年でよし蝸牛《かたつむり》〉と運命を受け入れたりも。

36

# 夢幻の世界

『松本たかし句集』松本たかし（1906・1956）

能役者の家に生まれただけに、そこで培われた凜とした美意識が句にも表れています。川端茅舎は「生来の芸術上の貴公子」と呼びました。能の世界と相通ずる夢幻の世界がそこにあります。病弱な日々でしたが、諦観とは趣きの違う、明澄で森閑とした味わい深い作品です。

**金粉をこぼして火蛾やすさまじき**

現実の風景から**夢幻の世界**へ誘われてゆきます。〈金魚大鱗夕焼の空の如きあり〉も金魚を目の前にして心ここにあらずの態。〈ますぐなる香の煙や涅槃像〉と瞑想に耽ります。〈チチポポと鼓打たうよ花月夜〉〈夢に舞ふ能美しや冬籠〉は体が弱くて跡を継げなかった能楽への思い。

**橋の燈の雪をまとひて灯りけり**

人恋しくなるような夕暮れどき。橋ではなく灯が雪をまといました。〈雨音のかむさりにけり蟲の宿〉〈十棹とはあらぬ渡しや水の秋〉なども**明澄な世界**。〈鳥瓜映る水あり藪の中〉〈秋深しピアノに映る葉鶏頭〉は清雅な印象。〈卒然と風湧き出でし柳かな〉では動きを加えました。

**佳墨得てすり流しけり春を待つ**

〈羅《うすもの》をゆるやかに著《き》て崩れざる〉。いずれも**凛とした佇まい**です。〈橙の大木にして避寒宿〉〈大木にして南《ミンナミ》に片紅葉〉などもシンプルに詠んで格調あり。〈百姓の足袋の白さや野邊送り〉は鎮魂の白。〈小鼓の稽古すませし端居かな〉。ひと息ついても背筋を真直ぐに伸ばします。

**蘆の穂の夕風かはるけしきあり**

静かな時の流れのなか、**森閑とした景色**が広がります。〈水音に暫し沿ひゆく枯野かな〉〈冬濱や浪に途切れし轍あと〉。侘しげな景を詠んでも余計な情を感じさせないところが「貴公子」たる所以です。〈閉ぢがちとなりし障子やこぼれ萩〉〈芭蕉葉の雨音の又かはりけり〉も同じ。

**鎌倉の夏も過ぎけり天の川**

〈藪の空ゆくばかりなり宿の月〉〈もの丶芽のほぐれほぐる丶朝寝かな〉。**恬淡とした日々**です。〈一日の煤浮みけり潦《にはたづみ》〉〈遠き家のまた掛け足し丶大根かな〉などと人の営みに思いを寄せることもあります。〈大勢に一人別る丶霜夜かな〉〈狐火の減る火ばかりとなりにけり〉は寂寥感。

## 37 高原を詠む

『山国』相馬遷子（1908-1976）

軍医見習士官として大陸に渡ったのち、函館の病院で職を得てしばらく北海道へ移住。戦後には、信州の山国の町にある実家へ帰って開業医の生活に入ります。その信州で、孤愁に耐えて作句を続けます。高原派と呼ばれますが、むしろふるさとの故郷の山河を詠んだ俳人です。

**朝霧に寄り添ふ牛や牧びらき**

朝霧と牛の群れとが一体になっています。季語は「牧開き」で春。のどかで爽やかな気分があふれる**高原の句**です。〈山中に河原が白しほとゝぎす〉〈ほとゝぎす緑のほかの色を見ず〉は色合いをまとめて格調高く詠みました。〈猟銃音湖氷らんとしつゝあり〉は張り詰めた空気感。

**雪嶺へ酷寒満ちて澄みにけり**

次は信州の**山を詠んだ句**。厳しい故郷の自然を詠みます。〈雪の嶺真紅に暮るゝ風の中〉〈風花や雪の白根を天に置く〉〈遠天に雪山ほのと秋の暮〉。毎日が雪山を眺めての暮らしです。〈高空に青き山あり吹流し〉〈町の上に浅間が青し夏祭〉などは故郷での暮らしの背景としての山々。

**高空は疾き風らしも花林檎**　疾き＝とき

〈赤とんぼ夕空瀆《よご》し群れにけり〉〈燃ゆる日や青天翔くる雪煙〉。**故郷の空**です。「疾き」「瀆し」「燃ゆる」などの表現に旅人では詠めない土着の味わいがあります。〈あをあをと星が炎えたり鬼やらひ〉〈明星の銀ひとつぶや寒夕焼〉〈漆黒の天に星散る野分あと〉は夜空の抒情です。

**切株の累々薯を植うるなり**

〈夕映えて不作の稲に空やさし〉〈すぐそこに雨脚白し田草取〉。今度は**故郷の人々の暮らし**を詠みます。〈入学や山国雪を降らせつゝ〉〈胡桃咲き分校の子の通ふ路〉〈七夕竹分教場に机六つ〉。子供たちを詠んでも山国の風土が滲みます。〈山峡に字一つづつ秋晴るゝ〉は故郷へのやさしい眼差し。

**立ち憩ふときも雪嶺に真向へり**

山国での**作者自身の境涯句**も詠まれています。〈風邪の身を夜の往診に引きおこす〉〈四十にて町医老いけり七五三〉〈学校医疲れて戻る夕ざくら〉などは開業医としての日々。〈百日紅学問日々に遠ざかる〉と、あせりもあります。〈妻病めば子等諍はず雪催ひ〉は家庭でのひとコマ。

# 38 生と死を描く

『光の伽藍』仁藤さくら（1948-）

あとがきに「溢れるひかりは生と死のふたつの翼を持っている」と記されています。ゲーテの臨終の言葉は〈もっと光を〉でした。窓が思い切り開かれます。そして溢れる光のなかでの死――。では句集で〈ひかりのなかの生と死〉がどのように詠まれているか見ていきましょう。

**晩夏光去るもののなべてかがやける**

晩夏の**光のなか**、**死へ向かって人は歩み続けます**。〈父帰るゆふがほいろの死をまとひ〉。たそがれどきのひかりを纏って父が帰ってきました。〈鏡店死は死をみつむ炎天に〉。光り輝く鏡のなかに死を見つめる作者は〈弧をゑがく死もありいまし虹顕《た》てり〉と虹にも死を見ます。

**誘蛾灯ひたすらといふひかりあり**

今度は「**ひかりのなかの生**」。ひかりにさそわれて舞う蛾にそっと死が忍び寄ります。〈冬の地下影なきひとら往来す〉は煌々と照らされた地下をゆく人々。〈水中花沈みていのちひからしむ〉。こんないのちもありました。〈鳥籠の日々を夕映え甘くせり〉はしばしの安らぎです。

## 瞼ありさむき眺めを閉ざすため

**いのちの哀しみ**を詠みます。〈金魚玉映るものみな荒野にて〉。金魚玉に映った部屋が荒野のように見えます。〈鞦韆をおりても宙吊りのこころ〉〈雪ふりつむ心底といふ底《そこひ》あり〉と心が晴れない日々が続きます。〈陽を編みて孤城の王となりし蜘蛛〉。蜘蛛も孤独です。

## 手を挙げてしぐれの空をひきおろす

「もういい。幕を下ろしたい」とでもいうかのような仕草です。〈どのこころにも崖ありて土用波〉は心が折れてしまいそうな日。〈影ひろふ遊び暮春の校庭に〉〈日の蝕や水のごとくに母ありき〉〈死せるものみな大屋根に花火の夜〉などは**懐かしいような死のイメージ**でしょうか。

## またひとりムルソーが来る日の盛り

ムルソーは「異邦人」（カミュ）の主人公。殺人の理由を問われて「太陽が眩しかったから」と答えます。そんな彼がまたひとりやってきました。〈猟銃に呼ばれしごとくはばたけり〉。**生と死が相半ばする一瞬**です。〈花火殻青きあしたのひかり降り〉は朝のひかりが照らす花火屑。

## 39 心象風景

『空の季節』津沢マサ子（1927-）

「十七音に詩の弾丸を込めるのだ」「魂のありようを問うのが俳句」。これが詩人としての矜持だと作者は言います。心象風景を詠んだ抽象俳句です。空虚感そして飢餓感…。やりきれないような現代人の不安と屈折感が描かれます。孤独な魂の荒涼感がひしひしと伝わってきます。

**永き日はゆらりと胸に立つ墓標**

墓標に象徴された胸奥にある**喪失感**です。〈合歓《ねむ》は葉と男は風となりにけり〉〈メモ帳に記した春が見当らぬ〉〈いちじくをもぎてどこにもなき故郷〉なども寂寥感があふれています。〈階段の途中はながい秋だった〉〈白桃のまわりのけむる五十年〉は空しさを拭えない日々への回想。

**古釘になろか蚯蚓にもどろうか**

蚯蚓＝みみず

〈気がついたときは荒野の蝿だった〉〈ゆめの世を走り抜けたる羽抜け鶏〉。**自虐的な句**です。〈天高くして踏板を踏みはずす〉〈放蕩の数だけ咲いていた野菊〉は自嘲。〈桃散ってしまえば軽い鬼の面〉〈青空と荒野を愛し子を抱かず〉〈帯締めし鬼がめし食う夕焼け野〉は屈折感です。

## またもとの瓦礫にもどる昼銀河

〈蝶の翅押さえつづけて百年経つ〉〈晴れわたる五億年後の葱坊主〉。拭いきれない**虚無感**が広がります。〈行く夏や杭であること忘れいて〉〈銀紙をのばして秋の顔がある〉〈十年前の西日といまも闘えり〉〈夕焼けてこの馬鹿げたるはんだごて〉とやりきれないような日々が続きます。

## 天上に倦む日や蝶の胴くびれ

平穏に過ごしていてもどこか**空虚感**があります。〈ありもせぬ昼の花火が揚がるなり〉〈何も映らぬ夏夕ぐれの水たまり〉も同じ。〈あきかぜの行きつく処顔ならび〉。不気味に無表情な顔が並んでいます。〈夕焼けの下のがらんとしている日〉。でもそんな毎日を耐える日々です。

## 荒涼と生まれたる日の金盥

幼い頃への追想。〈母をいじめていわれなき日や唐辛子〉〈母捨てしはるかな街に日が照りぬ〉などは忸怩《じくじ》たる思い。〈冬の昼ことりと母が戻りくる〉〈どこからか母きて坐る日ぐれどき〉は母への追慕の念。喪失感や虚無感にあふれた句群は**母への優しい墓標**だったのかもしれません。

# 40 子供の情景

『主審の笛』中田尚子（1956-）

シューマンの「子供の情景」は有名な「トロイメライ」のほか「鬼ごっこ」「ねだる子供」「炉端で」など子供の日常を綴った十三曲で構成されています。そんな子供の情景を俳句で描いた句集です。作者は中学校の教師。生徒とのふれあいなど教師としての日々も詠まれています。

**水たまりばかり歩く子赤とんぼ**

**子供のいる風景**の切り取り。〈町ぢゅうのひらがな読む子銀杏散る〉〈通信簿金魚に見せてゐる子かな〉〈子供の日サンルーフから顔二つ〉など、愛らしい行動を具体的に詠みます。〈枯葉踏む乳母車から降ろされて〉〈祭髪母に抱かれて到着す〉は季語を生かした幼子のスケッチ。

**先頭の子の蛇の衣掲げけり**

次は**子供の遊び**。〈鳥の巣へ一直線に走りけり〉〈虹鱒をポニーテールの育てをり〉。のびやかな自然の中でいきいきとした子供たちを捉えます。〈幼子に玉虫のこの不思議かな〉。くりくりとした目が浮かびます。〈縄跳びの縄掛けてある桜かな〉は子供たちが帰った夕暮れ。

**バレー部の素通りしたる焚火かな**

勤務先での**学園俳句**。〈野球部の百本ノック虹立てり〉〈屋上の発声練習天高し〉は放課後のクラブ活動の様子。〈宣誓の声少女なり小鳥くる〉〈生徒会役員主催大焚火〉など、イベントも格好のテーマです。〈退屈の枇杷熟れてゐる校舎裏〉〈ユニフォーム盥《たらひ》に溢れ星祭〉は学園風景。

**三年三組三十一人卒業す**

〈約束の大きな返事卒業す〉〈先生を囲む円陣卒業す〉なども卒業式でのひとコマ。〈合格の握手素直に差し出せる〉〈夕立や最後は褒めて終りたる〉〈接木してゐる先生を囲みけり〉。生徒とのふれあいです。情に流れないよう、動作や言葉を絞り込んで具体的に詠むと成功します。

**イヤリング外して授業若葉風**

初々しい教師デビューの頃の句でしょうか。〈初授業芭蕉の旅の話より〉は授業風景。〈休暇明けいきなり会議白熱す〉〈温め酒いつか生徒のことばかり〉〈少年に夏痩せの隙など見せず〉と教師としての日々が過ぎてゆきます。そして〈卒業の最後の一人呼び終る〉。一期一会です。

41

# 不安と焦燥

『まぼろしの鱶』 三橋敏雄(1920・2001)

戦争をはさんだ三十年間の三百句余り。「俳句は一たび作者の手を離れてのちは、そこに使われた言葉の意味と韻律から触発される映像表現に一切を懸けている」と後記にあるように戦前戦後の暗雲垂れ込める世相を背景に暗鬱な気分や不安感が象徴的に映像化されています。

## 閉園の油臭のメリーゴーラウンド

疲れきったメリーゴーラウンドの油臭。**不吉な予感**がします。〈摩天楼一ぱいの顔下を見る〉。普通の景ですがどこか不気味です。〈宙に見えぬものつたひとぶ寒雀〉〈海女沈み遠く浮上のサブマリン〉〈颱風の森からのチェロからすの譜〉も胸騒ぎのするような情景を描きました。

## 冬の鉄橋列車のほかは渡らざる

ただ列車だけが突き進んでゆく冬の鉄橋です。〈倒れるまでタイヤ転がる寒い空港〉〈搔きひらく爐の燠誰を照し出す〉も**不安と焦燥感**を感じさせます。〈突放し突放し椰子の実と泳ぐ〉。どこへ向かうかもわからず泳ぎ続けます。〈紐育鼠短距離疾走す〉はニューヨークでの一景。

**日あたる故郷釣の餌箱のみみず跳ね**

〈日にいちど靴篦《くつべら》使ふ萬愚節〉〈人心の上の銀河の暗黒部〉〈彼我悲し戦跡の蜂脚たらし〉。**暗澹たる思い**が滲み出ています。〈窓に雷光折れ黒人の血濃き女〉は倦怠感。〈冬の腐臭と薬臭かすか爆心地〉は敗戦の記憶。〈餌もパンもない老人を囲む鳩〉からは無力感が伝わってきます。

**こがらしや壁の中から藁がとぶ**

**荒涼たる心象風景**。〈廃館のガラスの破片みな三角〉。ガラスの破片は敗戦後の国民の姿なのかもしれません。〈いっせいに柱の燃ゆる都かな〉。燃える都を気の抜けたように眺めます。〈外を見る男女となりぬ造り瀧〉〈遠く立つ女のあくび蛙田越し〉は気だるいような退廃的な気分。

**死ぬまでは転ぶことなく寒雀**

冷ややかに見つめる作者の目があります。〈行楽の果ことごとく地に入る蟻〉。夏休みの行楽を終えて家路へ向かう人々を**醒めた目**で眺めました。〈海山に線香そびえ夏の盛り〉〈炎天へ闘を見据ゑ出稼ぎに〉〈若者よ抱きあふ固きところ骨〉となにを見ても空しくなるだけの日々。

作家に文体があるように、また
それぞれの人に口調や話し方が
あります。俳句でも同じです。
きっぱりと詠む。てらいなく詠む。
あるいは軽妙に詠むなど――。
俳句のトーンを考えます。

# 第三章
# トーンを定める

42

# うす味仕立て

『汀《みぎは》』井上弘美（1953-）

京都のうす味は「味が薄い」ということではありません。出汁をしっかりと利かせて素材の味を生かす――。そんな京料理を思わせる句集。①ベースの出汁（情緒）をしっかりと②シンプルに詠んで素材を生かす③調べと句姿を整える。この三つがうす味俳句のかんどころです。

**かへるべき山をはるかに鬼やらひ**

節分の鬼にも帰るべき山がありました。〈帆柱の沖をとほれる粽《ちまき》かな〉〈やはらかく山河はありぬ鳥の恋〉〈雨脚の沖に広がる残り鴨〉。**広がりのある景を描くことで清新な抒情**が匂ってきます。〈切れ切れに海見えてゐる桜かな〉〈波頭とほくにそろふ青蜜柑〉は構図に工夫。

**ひとりづつ人をわするる花野かな**

**前項より少し抒情味を加えた句**。夢幻の世界へ誘われていきます。〈波あとのひろがつてゐる春日傘〉は遠くを眺める眼差し。〈鶏のとほく来てゐる秋の昼〉は秋愁。〈火を焚いて海辺暮れゆく年用意〉は郷愁でしょうか。〈夕風の扉の開いて梨畑〉はなにか物語が始まる予感です。

**おほぞらのしづけさに朴ひらきけり**

**素材（季語）を生かしてシンプルに。**朴の花の白さが際立ちます。句姿や調べのよさにも注目。〈たのもしき空のひろがる天道虫〉〈山川の風のあつまる花胡桃〉は透明感のある景を配して季語へ焦点を絞りました。〈松籟《しょうらい》をひびかせてゐる冬北斗〉。名脇役、松林が味を出しました。

**母の死のととのつてゆく夜の雪**

死を肯《うべな》うまでの**時間の流れ**。思いの積もるような夜の雪です。〈母鹿に夕暮れの川流れけり〉〈にほどりの流されてくる遅日かな〉〈山中に鯉をやしなふ秋の風〉。川や風の流れに時間の流れを重ねています。〈みづうみはみづをみたして残る虫〉は悠久な月日の流れを感じさせます。

**暮れぎはのかほとなりけり流しびな**

ある**一点へ目を向ける**ことでリアリティのある句になります。〈冬銀河土偶は太き眉をもち〉〈ゆふかぜに頭吹かれて燕の子〉。具体的な部分を詠んで絵が浮かぶ句になりました。〈踝《くるぶし》に風くる祇園囃子かな〉は繊細な感覚。〈雪吊の巻きぐせの縄垂らしけり〉も的確な写生です。

## 43 啖呵を切る

『右目』小豆澤裕子（1957-）

跋で島田牙城は「重い意味のまとわりつくのを嫌って、事実を淡々と抒すというしたたかさ。そのなかに少し毒が盛られている」と評しています。読後の爽やかさはきっぱりとものを言う、その潔さにあるのかもしれません。句集名は〈隙間より雛の右目の見えてをり〉から。

**寒紅を注してひねもす無敵なり**

注して＝さして

〈あほらしや男の美学さくら餅〉とつまらぬことにこだわる**男を一刀両断**です。〈甚平に酔ひ潰れるといふ手あり〉とお見通し。〈日本の微熱のごとく梅早し〉。世の中の動きにも冷静な目を向けます。〈七草や丸めて捨てるサロンパス〉は「あ～ぁ、めんどくさい」というつぶやき。

**冷やかにティッシュ箱より直立す**

**きっぱりとものを言う**作者にティッシュも歩調を合わせます。〈少年の尾を持ち夏の山へ入る〉〈夫々《それぞれ》の極月を来て座に着けり〉。くどくど情を述べない潔さが身上です。しかし〈底冷や憂鬱に効く足のつぼ〉〈望まねば手に入らぬもの葱坊主〉などと気落ちするときもあります。

## 冬の夜や歯磨きどこで終らうか

ハハハ、なんだか**無頼**です。〈蝦蛄《しやこ》剥いて平気で嘘がつける夜〉などとうそぶいてもみます。〈折り紙を雛の調度として飾る〉とあまりものにこだわったりしません。〈爪立ちて大つごもりの探し物〉〈読みかけの本植ゑかけの茄子の苗〉など、飾らない日常をそのまま詠みます。

## 帰省子を太らせ街に戻しけり

ぶっきらぼうな愛情表現でしょうか。〈村里に戦後生まれの踊唄〉〈戦争と嫁の話や花菜漬〉などは**少々毒あり**。〈愛してと言はんがばかりしやぼん玉〉〈控へめにニセアカシアのニセの文字〉は皮肉な目。〈ありがたく特価で並ぶ寒卵〉〈春近し何にでも効く守札〉は社会風刺です。

## 壁際に手酌の男時雨れけり

「なんだろね、不景気面で」とは思いますが、どこか**優しい眼差し**です。〈春の宵先に泣かれてしまひけり〉〈秋の蚊といへども喰はれてはやれず〉〈柿剝きてゆふべと同じ話聴く〉は「やれやれ」といった気分でしょうか。〈いつまでも若手出初の幕運ぶ〉も皮肉まじりの優しさ。

## 44 爽やかさを詠む

『海の旅』篠原鳳作（1906・1936）

〈しんしんと肺碧きまで海の旅〉は無季俳句の傑作といわれています。こうした句を詠むには季語の持つ情緒がかえって邪魔になるのかもしれません。教師として赴任した沖縄や鹿児島で詠まれた句群が放つ爽快感はどこからきているのか──。清々しいリリシズムがあふれています。

**満天の星に旅ゆくマストあり**

鹿児島から宮古島への船旅での句。このように**大景のなかを動くものを詠む**と爽やかさを感じさせます。〈太陽に襁褓《むつき》かゝげて我が家とす〉。大空のもと、風にはためくおむつが目に浮かびます。〈一碧の水平線へ籐寝椅子〉もいかにも南国の昼下がり。「水平線」が上手いですね。

**鉄骨に夜々の星座の形正し**

工事現場でしょうか。組み上げられた鉄骨と夜空。そして星座がくっきりと見えます。〈ルンペンのうたげの空の星一つ〉〈大空の風を裂きゐる冬木あり〉〈青麦の穂のするどさよ日は白く〉など**大空を背景**にすることで時間がゆったりと流れてゆくような味わいが出ます。

## 吾子たのし涼風をけり母をけり　吾子＝あこ

**赤ん坊の生命力**を詠い上げました。吾子俳句はいい句ができないといわれますが、そんなことはありません。〈赤ん坊泣かしをくべく青きたゝみ〉。青畳が利いています。〈赤ん坊蹠《あうら》まつかに泣きじやくる〉。どこへ着目するかが肝心。この場合は足の裏へのズームアップです。

## 一塊の光線《ひかり》となりて働けり

できるだけ**要素をシンプル**にして詠みます。一句一章。ひとひねりレトリックが必要です。この場合は「ひかり」という隠喩がポイント。〈楽きくと影絵の如き國にあり〉は影絵という直喩でその時の気分を表現しています。〈莨《たばこ》持つ指の冬陽をたのしめり〉では指に着目。

## 新刊と秋の空あり莨吹く

**爽やかなものの取り合わせ**。「莨吹く」で時間の経過も感じさせます。〈夜もすがら噴水唄ふ芝生かな〉〈飛魚をながめあかざる涼みかな〉では、どちらも涼やかなものを取り合わせました。〈雛の眼に海の碧さの映りゐる〉。小さな眼の中に真っ青な大海という取り合わせです。

## 45 幻想絵巻

『鮫とウクレレ』栗林千津（1910-2002）

読み進むうちに知らず知らずに作者の描く幻想絵巻の住人になってしまいました。幕間に作者も登場します。そんな仕掛けも仕組まれている句集。作者の日常が詠まれた句まで、なんだか妖しい感じがしてくるから不思議です。幻想の句と日常が彩なす世界を楽しんでください。

**夢の世の夢のみどりを着てみたし**

**幻想絵巻導入部**。〈シベリアとステンドグラス寡黙なり〉。教会のステンドグラスでしょうか。幻想が生まれる予感です。〈樹の闇と白壁息を殺しをり〉〈山茱萸《さんしゆゆ》の花を濃くする鎌の音〉なども妖しげな気配。〈凍てし夜のくぐり戸めきし人の情〉も幻想へのとば口なのかもしれません。

**いかのぼり萬を見んとのぼりゆく**　萬＝よろづ

第一幕は**妖怪変化**。〈子守唄人間界に雪降れり〉と天上から眺めます。〈望の月魚かも知れぬ人とゐて〉〈夕焼を食べて子をなす雪間草〉〈めつたやたらの線風邪神の壁画〉など、まわりのものが物の怪に変わります。〈わたくしの影ふはふはと坐りだこ〉。自分も妖しくなりました。

**去年今年折鶴一羽づつ空へ**　去年今年＝こぞことし

第二幕では**シュールな世界**へ誘います。〈握手せりダリアのような青年と〉。目の前の青年がふっとダリアとなって花開いてしまいました。〈白長須鯨を花に誘ふかな〉はファンタジー。〈油蟬世の真ん中で鳴き出しぬ〉〈一糸狂はぬ三味の音全山紅葉して〉も緊迫感のある場面です。

**竹を伐る白湯のおいしい日なりけり**　白湯＝さゆ

ここで幕間。**普段の作者が登場**です。〈海の暗さの海を見てゐる十二月〉〈鬼灯市へ水の重さの帯締めて〉。こうした日常の句が織り込まれているとかえって不気味になります。〈汗ばんでくるかなしみの箸二本〉〈ビアガーデンのガ行さきざき孤独なり〉はいのちの哀しみ。

**薄着して死者にまぎれてゆくつもり**

第三幕は**死者の世界**です。〈夕月やしんとまじはるものの影〉〈たましひの時間の外の紅葉渓〉と黄泉へ向かいます。〈沢蟹の沢で柩がぐらりとす〉は三途の川なのかもしれません。〈死児抱けば耳の中より花咲き出す〉〈屋根裏の死児に抱きぐせ桐の花〉。もうすっかり冥界の住人です。

46

# 凄味を出す

『花石』柿本多映（1928-）

序文で阿川弘之さんが「凄味のある句あり、童話の挿絵風の句あり。花鳥諷詠の亜流めいた月並が一切見られない」と評されています。短歌から俳句へ、俳句の師は赤尾兜子から桂信子へ。そんな流れの中で培われた発想力が生む多彩な世界です。印象の強い読後感が残ります。

**大寒の人あつまって別れけり**

別段どうってことのない景色ですが、大寒と**日を特定することでなにか不気味な様相**を帯びてきます。〈雪景色より葬列の曲がりゆく〉。白から黒への切り替え。心模様も暗転します。〈足音を足音が消す枯木山〉〈海市《かひやぐら》あまたの足袋の干されゐる〉も凄味ありです。

**花の世へあまたの石を踏んでゆく**

〈人妻は烏揚羽を放ちけり〉。**日常のふとした動作から妖しい世界**が広がります。〈旅人に嗅がれてゐたり蟻の穴〉。作者の目が蟻の目に変わります。〈前の世は飴屋なりけり鳥威〉では鳥威が鳴った途端、前世へワープ。〈薔薇を嗅ぎ博物館へ入りゆけり〉には変身の予感があります。

**朴の花指のうごくはおそろしき**

自分で指の動きがコントロールできなくなる――。**体の異変**です。〈人体に谷あり谷の冬ざくら〉。自分の体をあたかも風景のように眺めます。〈にんげんの見える真昼や冬の沼〉。鯰か蟇の目で人を見る作者。〈魚のごと森を出てゆく晩夏かな〉では体の感覚を失ってしまいました。

**さくらさくら白き闇吐くさくら**

**シュールな景**、「白き闇」で俄然妖しくなりました。〈天に蕊《しべ》あり蛇苺ぬれてをり〉は「天に蕊」、〈石臼は廃墟の声を発しけり〉では「廃墟の声」で現実から超現実へ切り替わる仕掛けです。〈始祖鳥やジュラ紀や銀河より雫〉。こちらは太古の世界へ思いを馳せた雄大な句。

**霜月はこつんと骨の音がする**

異界への扉の開く音。**暗示のように**骨が鳴りました。〈唇のうすき塩気や雁の空〉〈蟬の木は蟬の声出し了りけり〉〈蝙蝠や胸のうちなる切通し〉〈敗戦日生米を一摑みする〉。不安な気分があふれます。〈八月の枯木に産着かかりけり〉の産着はなんの象徴なのでしょうか。

# 47 飄々と詠む

『雨滴集』星野麥丘人（1925-）

日常のなんでもないようなことを掬い上げて俳句にする。淡々とした味わいのなかに季節感がほのかに香ります。季の移りゆくなか、ふと切り取った詩片のような句。肩の力を抜いてらいなく詠むといっても、なかなかそうはいきません。そのあたりのコツを探ってみましょう。

## 鎌倉の水うまかりき鳥渡る

ちょっと出かけた先での一句。さらりと**地名を生かして詠みます**。〈大阪は曇天なりき八重桜〉〈年の瀬の雨降り出せり浅草寺〉。その地の季節感をどう表現するか──。そんな視点で詠みましょう。〈栃餅も出て右源太《うげんた》の川床料理〉。右源太は京都・貴船にある料理旅館の名前です。

## 八月の雨あらあらし白馬村

今度は訪れた**時期を特定して詠む**場合。〈三月の湖荒れやすし浮御堂〉〈七月のひぐらしきけり鞍馬口〉。あまり情緒のまつわりついていない季語を使うことでいわゆる「付き過ぎ」を回避します。〈七夕に来て浅草の大黒屋〉。こちらは、天麩羅で一杯というところでしょうか。

## 冬瓜を提げきて結婚するといふ

**見たままを詠む**。〈母泊めて春の大きな月ありぬ〉。情景が目に浮かぶような季語の選定がポイントです。〈花茣蓙のたたんでありし三味線屋〉〈七味屋の奥の一と間の春火桶〉。ふと見かけた店先などにも句材があります。〈新涼や糶《せり》いちばんの手長蛸〉もじっくりと観察した賜物。

## 夕風や酒の肴のところてん

てらいなく**そのときの状況を詠む**。〈酒なしの雨月などある筈もなし〉〈汁椀の具にてまり麩や散し鮨〉。やはりポイントは季節感です。〈冬牡丹蕪村はいかなこゑしたる〉〈只の年またくるそれでよかりけり〉〈春愁の齢とつくにすぎにけり〉はふとした思いを一句にしました。

## 梅雨までのこの半歳や水のごと

〈ひたすらに順ふ冬の来たりけり〉〈螢籠明日あさってのこと措いて〉〈朝顔を蒔いてすることなかりけり〉。気取らない、**飄々とした日々の暮らしぶり**です。〈花の山雨の半日歩きけり〉〈冬帽の被りはじめや海を見に〉〈夕顔の苗買ふのみの用なりき〉と気負いなく詠みます。

48

# 癒しの句

『十一月』渡辺鮎太（1953-）

寡黙な人がぼそっと言う冗談のような味わい。本人には冗談を言っているつもりもとぼけているつもりもありません。大真面目なのになんだかおかしい。いわゆる「天然」な感じ。そんな人柄が滲み出るような句集です。でもそんな自分を冷静に見つめる俳人の目もあります。

**風鈴の雨に濡れたるあとの音**

よくもまあそんなところに目をつけるものだと感心します。〈蓋赤くして立春のマヨネーズ〉〈ふくろふの向う側から顔戻る〉〈どこにでも海の入口箱眼鏡〉。**幼い子供のような目**です。〈にはとりの声の擦り減る桃の花〉はいかにも繊細。「磨り減る」とはなかなか言えません。

**火事跡の鏡に映る火事の跡**

**無表情に眺めた景色**をそのまま詠む。〈棒杭があれば塩辛蜻蛉かな〉〈寝転んで見る雛壇の高さかな〉〈階段に百人一首散らばりし〉。関心があるのやらないのやら…。気のない感じで眺めます。〈十年の妻十年の藍浴衣〉。そろそろいい加減に新しい浴衣を買ってあげてください。

**手に汗を握つてゐたる炬燵かな**

スポーツ番組でも見ているところ。でもふっと我に返ります。〈楽しかりしがマフラーを忘れけり〉。**すぐに気が散る。**落ち着きがないと通信簿に書かれた子供だったに違いありません。〈名にし負ふ雪国に来て痔の話〉。「おやおや」と思う。でも別段気にする風でもありません。

**母逝きてすぐに母の日来りけり**

不謹慎ですが思わず笑ってしまいます。でも本人はいたって真面目です。〈吾子《あこ》生れて金魚も増やさねばならぬ〉〈鯛や首の坐りし吾子と聴く〉。**喜びや哀しみの表現**もどこか変わっています。〈みごもりしこと風鈴を外しつつ〉〈子が生まるるぞ満目の芽吹山〉は素直です。

**打水のしまひの水を風に打つ**

句集には〈水甕の水の吹かるる鯉幟〉〈蚕豆の湯気に夕風来たりけり〉などのような**情緒のある句**が配されています。こうした句ととぼけた味わいのある句が合わさって作者の人物像が立ち上がってきます。〈断崖に来て彗星と春惜しむ〉。ハハハ、でもやはりどこか変です。

## 49 書き下ろし感覚

『寒冷前線』吉本和子（1924-）

ふとしたきっかけで七十歳で始めた俳句。以降の一年十ヶ月の句がまとめられています。来し方のさまざまな思いなど、抽斗の中に溜め込まれていたものが噴出した感があります。まさに一気に詠んだ書き下ろしのような句集。作者は吉本隆明夫人、そして吉本ばななの母。

**いくさ一つ元号二つ古雛**

古雛＝ふるひいな

戦中、戦後の激動の時代を共にしてきた雛人形。**自分の半生へ思い**を巡らせた句です。〈凩は北風《きた》に変わるや遠く貨車の音〉〈岬越え岬越えして蛇老ゆる〉〈愛憎も年の豆ほど悔いもまた〉などは回想。〈鴉の子羽搏けど羽搏けど空遠し〉は若き日の熱き思いでしょうか。

**鷗折って放てば冬の海となる**

折り紙のかもめは帰らぬ夢なのかもしれません。〈うろこ雲一鱗ごとの夕茜〉〈月の湾女波はやさし古語のごとし〉と**過ぎ去った日々**を振り返ります。〈男坂のぼり梅観て女坂〉〈仲春の坂のぼりゆく下りるため〉〈蓑虫を掌に受け空の重さとす〉は追憶に耽りつつのそぞろ歩き。

## 笹飾り億土の母の袂風

七夕竹を飾って亡き母を想う。「袂風」に母への優しい気持ちが表れています。〈遺書もなき自死もあるらむ雲の峰〉〈万の手のいづくへ誘う芒原〉〈赤のまま飯《いい》とした日の客は亡く〉などは**鎮魂の句**。おっと〈胸中の霜柱踏み人を絶つ〉はちょっと穏やかじゃありません。

## 春暁に天衣架けたるほうき星

〈シャガールの夜空に醒めし午睡かな〉〈初燕身を翻《かえ》すとき耀けり〉。これまで言葉にしなかった**詩的な感興**が十七文字にあふれ出た感じ。〈五感みな溶けて桜の海に入る〉も個性的な捉え方です。〈樹の下に鹿集めたる時雨かな〉は俳句を始めて二年足らずの方の句とは思えません。

## 病み猫を目の隅に置き賀状書く

今度は**日常の暮らしぶり**を詠みます。〈水槽に魚太らせて冬ごもり〉〈老猫の目も和みたる小春かな〉とゆったり構えて悠然とした日もあれば〈枯蟷螂揺るる身も眼も空ろなる〉などといった日々もあります。〈童女羽化母となる夜の星祭り〉はなんとも愛情あふれる句。

## 50 郷愁を詠む

『コイツァンの猫』こしのゆみこ（1951-）

ルイ・アームストロングのヒット曲「この素晴らしき世界」が聴こえてくるような気がしてきます。あたたかくて、やさしくて、どこか懐かしいような思いがあふれてくる句集。ふるさとへの追想もまじえた、季節のかけらをちりばめた幻想の旅を作者と一緒に楽しんでください。

**目隠しの指がひろがる秋の海**

目隠しの指の間からふるさとの海が見えてきます。〈海見えてまだからっぽの白い蚊帳《かや》〉〈幅跳の踏切あたりかげろえる〉〈蓮の葉もセーラー襟もひるがえる〉。**幼い頃の追想**です。〈ふらここをおすとおいとおいせなか〉〈麦藁帽夕暮れのようにふりかえる〉は回想に耽るひととき。

**花合歓に天衣無縫のぶらさがる**

合歓＝ねむ

〈借りている革ジャンパーのポケットに飴〉。明るくて爽やかで、どこか**人懐かしくなるような句**。〈聖五月島の真ん真ん中歩く〉〈出航をいくつながめる夏帽子〉〈くつひものほどけしごとき昼寝かな〉も映画の「スタンド・バイ・ミー」を思い出させるような雰囲気があります。

## ひとりずつ部屋を出て行く熱帯夜

ただ家族が部屋を出て行っただけ。でもなぜか**不思議な物語**が始まる予感がします。〈紅葉かつ散る空色にぬるおもちゃ箱〉も同じ。〈つんのめる時鷲づかむ虹のしっぽ〉〈蛇の衣夢みるごとく脱いであり〉は真昼の幻想です。〈海しづかヌードのように火事の立つ〉は官能的な幻影。

## おばさんのような薔薇園につかれる

薔薇たちのおしゃべりが際限なく続いています。〈羊雲扉があいておりにけり〉〈桔梗の真顔に会ってしまいけり〉〈困っている顔かもしれぬ向日葵《ひまわり》は〉〈蜻蛉は魚の背鰭に止まりたい〉。**童話の世界**が幕を開けました。〈まんじゅしゃげ勇気出すたび傷付いて〉は少し切ない話です。

## 帰省して母の草履でゆく海辺

今度は**ふるさとの家族**を詠んだ句です。〈母太る音のしずかに春日傘〉〈だいどこのおとはまぼろしひるねざめ〉などは母といる安堵感。〈はしっこのフックに父の冬帽子〉〈昼寝する父に睫毛のありにけり〉は父親への情愛。〈うまれつき小鳥なくしたような眉〉は自画像です。

## 51 シンプルに詠む 『十五峯』鷹羽狩行（1930-）

シンプルでしかも詩情あふれる句を詠みたい──。しかし平明な表現でとなるとなかなか大変です。そのためには対象のどこへフォーカスするかを考えること。それと、詩が生まれるためには修辞にひと工夫するといった技も必要です。そのあたりの作句の基本を学びましょう。

**青梅にして美しき斑を一つ**　斑＝ふ

フォーカスするということは言い換えれば**雑音を排してシンプルに詠む**こと。この句では斑という小さな発見に的を絞りました。〈つひの一滴のこきんと新茶かな〉は音に、〈年玉や起き来たる子の重瞼《おもまぶた》〉は瞼に。〈一枚の爪一枚の海の上〉は「一枚」がミソです。

**さいのめの花びらめきて新豆腐**

意外な喩えで驚きます。でもさいのめの豆腐の陰翳まで伝わってきます。〈金堂の雪解しづくの連珠かな〉〈遠足の声のかたまり遠ざかる〉〈せきれいのしぶきのごとき声放つ〉〈淡雪や舞ひ納めたるごとく止み〉。いずれも**隠喩**や**直喩**が決まった、印象深い句になっています。

## しぐるるや船に遅れて橋灯り

碇泊の船が灯りしばらくして橋が灯る。その時間の流れを詠みました。〈あたたかや撒けば流れて鯉の餌〉も流れてゆく餌を眺めているひととき。〈奥にまで夕日のさして藤の棚〉〈木守柿落ち村ぢゅうが暗くなる〉〈天窓に日のあるうちの柚子湯かな〉なども**時間にフォーカス**した句です。

## 電柱は列を正せり田植終へ

田植えが終わって、苗も電柱も整列しました。なんとなく**共通点を感じさせる**取り合わせ。〈金串のしろがね二本寒厨〉は金属のひやりとした感覚、〈三伏や弱火を知らぬ中華鍋〉は熱いもの同士。〈新緑やしたたる魚籠《びく》を土間に置き〉は瑞々しさというのが共通点です。

## 遠景ににはとり一羽ころもがへ

衣更えの頃のさわやかでも少し汗ばむような陽気にぴったりな景。〈湾内に鯨きてゐるこどもの日〉は子供の将来を祝福するような鯨の泳ぐ海。〈校庭に残る白線吹流し〉は陸上部の練習のあとでしょうか。いずれも季語に対して**名脇役といえる景色を持ってきた取り合わせの句**。

52

# さらりとした艶

『吉右衛門句集』中村吉右衛門〈初代〉（1886-1954）

大向こう受けを狙ったような句はありません。てらいなく役者としての日々を詠む。役者の素顔が見えてきます。そのさりげなさのなかに艶があります。われわれも職場や出張などの旅先での句、仕事上での人との交わりなどの句を季節感たっぷりと詠んでみたいものです。

**白粉の残りてゐたる寒さかな**

白粉＝おしろい

**楽屋での一句**でしょうか。舞台を終えてほっとしたところで感じた寒さです。〈鏡台のうしろにけむる蚊遣《かやり》かな〉〈楽屋から見る叡山はしぐれゐて〉も同じ。〈顔見世の楽屋入まで清水に〉〈幕間に戻りし宿の時雨かな〉なども歌舞伎役者の素顔が垣間見られるような句。

**稽古場にかざる鎧や菖蒲の日**

〈歌舞伎座のとんぼ返りの寒げいこ〉〈稽古場の朝の掃除や明治節〉。今度は**稽古場などでの句**です。〈門弟の名札そろふや鏡餅〉。新年の挨拶へ門弟が次々とやってきます。〈好きなこのせりふ覚えて頭巾著て〉〈破蓮《やれはす》の動くを見てもせりふかな〉などと芝居ひと筋の日々。

**冬霧の京都の町や楽近し**　楽＝ラク

南座の興行での句。〈あの道もこの道もよし散紅葉〉も京都で詠まれました。〈門前の古き旅籠や竹の秋〉〈乗り替へし参宮線や春の月〉〈駅前の宿の出入や日の盛〉〈葉柳の土手に芝居の幟かな〉など**旅興行での句**に佳句あまた。「よっ、播磨屋！」、季語の取り合わせが絶妙です。

**牡蠣船の隣座敷も役者かな**

大阪道頓堀の牡蠣船です。五座があった当時の賑わいを感じさせます。〈合宿の二階の客も風邪らしき〉〈どこやらで逢ふた舞妓や冬の霧〉〈久々の下り役者や近松忌〉など**人に対しての関心**はやはり役者魂でしょうか。〈おはやしの暑気中《あた》りしてゐたりけり〉は裏方さんへの気遣い。

**半日を病む子の部屋に日向ぼこ**

〈土筆籠風呂場に忘れ置かれあり〉〈植木屋の仕かけしまゝや冬の雨〉〈女房も同じ氏子や除夜詣〉。**日常の暮らしぶり**が窺える句です。〈ステッキに追はれつ行けり赤とんぼ〉〈子雀のよりくる庭やこぼれ萩〉〈夕顔に風通しよき書斎かな〉などはひと息ついたひとりの時間。

## 53 抒情を描く

『ロダンの首』 角川源義（1917-1975）

句集名は〈ロダンの首泰山木は花得たり〉からきています。愛蔵のロダンの作品と庭の泰山木の花との取り合わせ。ひかりあふれるような、喜びの伝わってくる句です。叙景しつつ抒情味の滲み出てくるような作風。キーワードは「ひかり」「夕べ」「郷愁」「幻想」などのようです。

**散る照葉火口湖深く瑠璃なせり**

秋日につつまれた湖が瑠璃色に輝きます。清々しい気分が伝わってきます。〈海照りの眼にあふれゐて春近し〉〈初蝶や海峡遠く潮満ち来〉は希望のひかり、〈起伏《おきふし》の丘みどりなす吹流し〉〈花栗の白き土蔵の町に入る〉はいかにも爽やかな印象。**ひかりでの抒情表現**です。

**かはたれの人影に秋立ちにけり**

**夕べはもの思うひととき。**〈風あとの入日つめたしちちろ虫〉〈鳰の声夕づく湖の衰へぬ〉〈ひと雨に灯《ともし》ひそけき遅日かな〉と自省のひとときでもあります。〈残照や刈田の水の赭濁り〉は来し方への回想でしょうか。〈山の灯の星にまぎるる宵の秋〉とやがて夜となります。

**たらちねをおもへり春の潮ひかり**

母への思い。**郷愁**です。春の潮のひかりで作者の気持ちも推察できます。〈母恋ふと故郷のごと山枯るる〉〈松の蘂《しべ》母の忌日の遠のきぬ〉はやや沈んだ心持ち。〈かなかなや少年の日は神のごとし〉は少し忸怩たる思い。〈煎餅の香に冬ざるる街行けば〉は懐かしいような回想です。

**曼珠沙華旅に果てたる馬の墓**

〈曼珠沙華逃《のが》るるごとく野の列車〉〈幻の柩《ひつぎ》野をゆく曼珠沙華〉〈曼珠沙華赤衣の僧のすくと佇《た》つ〉。曼珠沙華から**幻想**があれこれ広がっていきます。〈帝王の夢枯野鴉のただよへり〉。前書きに「明治神宮御苑」とある句。古事記の八咫烏《やたがらす》が登場しました。

**燈の下に牡蠣喰ふ都遠く来て**

**思いを述べた句**。俯いて牡蠣を啜る、やや暗い表情の作者が浮かびます。〈青蜥蜴潮たたなはり来る愁ひ〉（たたなわる＝幾重にも重なる）は旅愁でしょうか。〈螢ぶくろまどかに昨夜《よべ》の夢つつむ〉〈夕ごころまだ定まらず夏祭〉〈くらがりへ人の消えゆく冬隣〉は憂愁のこころのたゆたい。

## 54 十七字のつぶやき

『花束』岩田由美（1961-）

こういう句はひねくれ者には詠めません。なんのはからいもないかのように目にしたものをふっと句にする。そのつぶやきのような一句が味わい深い。これは作者の人柄そのものなんだと思います。日常のちょっとしたことを切り取る、その切り取り方がおかしみを生みます。

**蓋を取るごとく熟柿のへたを取る**

どうってことはありません。へたを取るのは当たり前。でもなんともおかしい。そんなことを句にする作者はもっとおかしい。〈三人に見つめられゐて西瓜切る〉。夫や子供が見ています。よくあるシーンです。本人もなんとも思っていません。でも**おかしみ**がこみ上げてきます。

**冬空に剪定の人をりにけり**

剪定で木に登れば冬空の中です。〈椎の実の穴より太し椎の虫〉。虫が育ったんですね。〈をばさんが走つてゆけば夏蜜柑〉。そういうこともあるでしょう。〈舟虫を海月《くらげ》は知らず佃島〉などなど。突っ込みどころ満載です。でも作者に興じている様子はありません。**大真面目**です。

**雛の間に干したくはなきものばかり**

〈閨にして仏間なりける扇風機〉〈向き合うて春着仕立ててゐる途中〉。なにげない**日常の一コマ**が詠まれています。無感動にふっと切り取ったような投げやりなところがあります。これが味。〈海を見る人遠く見る秋簾〉〈風吹くや枝に重たき夏蜜柑〉はぼーっとした時間が流れます。

**二度となき雲のかたちよ冬の空**

**小さな発見**を詠みました。〈秋草の近づけばみな花つけて〉〈小春日や日差移れば鯉もまた〉〈萍の中なる蛙またたかず〉など。これらにはとぼけ味はありません。でもほかの句と同じ匂いを感じます。〈風邪の子の声出ぬままに涙ぐむ〉は母親の目。しかし冷静な視線です。

**茄子のとげ茄子に刺さってゐたりけり**

どうしてそんなところへ目が行くんだろうと思います。〈口開けて眼とづれば吸入器〉〈目をつむるたび暗くなる秋の暮〉〈春の蠅ぱつと散りたる何かある〉。普通は思っても口にしない**つぶやきを句にしてしまう面白さ**。〈その人のキャベツの色のワンピース〉も笑えます

## 55 含羞の美学

『含羞』石川桂郎（1909-1975）

恥じらいで裏打ちされてこそ真のダンディズムなのかもしれません。作者は父親の跡を継いで理髪店の店主となったあと、戦中・戦後にかけて職を転々とします。俳人たちの風狂ぶりを描いた『俳人風狂列伝』は読売文学賞受賞。本人も風狂の人でありました。

**蛞蝓銭の袂をふりながら**

蛞蝓＝なめくぢり

無頼を気取ってもどこかに**含羞**があります。〈激雷に剃りて女の頸《えり》つめたし〉〈栗飯を子が食ひ散らす散らさせよ〉〈餅腹の汚さゆるせ二日酒〉〈書売つてタバコ買はせぬ孕み猫〉なども慈愛に満ちた句。〈病む子憂し尺蠖《しやくとりむし》虫の行方憂し〉は途方に暮れて目のやり場を失いました。

**理髪師に夜寒の椅子が空いてゐる**

店でのひとりの時間です。〈西鶴忌人に疲れて帰り来る〉と人に会いたくない日があります。〈黒々と人は雨具を桜桃忌〉〈口に出てわれから遠し卒業歌〉〈針供養女の齢くるぶしに〉には**哀愁**が滲んでいます。〈ゆめにみる女はひとり星祭〉。おやおやこんな句もありました。

**酔眼の一寒燈を家路にす**

放言を吐いて酔いつぶれそうになっても家路へ向かいます。〈柿の枝の影につまづく雪の上〉〈ひとり酔ふ岩魚《いはな》の箸を落したり〉は自分の酔態。〈除夜にしてかすとり酒は溢るるよ〉とかすとりにまで手が出ます。〈太宰忌の蝿叩もて打ちゐたり〉も**自嘲**の一句です。

**雪告げに来し子と識れり眼もて応ふ**

人の気持ちを忖度しての優しい仕草。〈声高になるを咳よりおそれつつ〉は療養所で。〈雛の座を起つにも齢の骨鳴りて〉とあたりへ気兼ねをします。〈人中に紛るるごとし桜桃忌〉。意外とシャイな性格です。〈妻が来て湯をわかしをり昼寝覚〉と妻の句にはどこか**照れ**があります。

**入学の吾子人前に押し出だす**　　吾子＝あこ

〈卒業歌青き吾子の頭見当りぬ〉〈子の後を烏が歩く冬日向〉〈さわやかに茶漬の音の母と子等〉。言葉数は多分少なかったでしょうが、**父親の深い情愛**が感じられます。〈子のあとの机待つなり蛞蝓〉。子供が寝てから、その机で書き物をする父親です。ほほえましい句。

## 56

# 淡墨の艶

『鏡騒』八田木枯（1925-）

平成十六年半ばから二十二年六月まで。作者の八十代に入ってからの句が収められています。あとがきに「日はとっぷり暮れてしまった。あとは闇の中を彷徨するばかりか」とありますが、なかなかどうして淡墨で描いた水墨画のようでいて、どこかほんのりと艶があります。

**おほぞらのふかきしたたり小夜の雁**　小夜＝さよ

**まずは空**を描きます。たらし込みで描かれた水墨画のような風景です。〈おほぞらに風のかたまる土用かな〉はいかにも爽やか。〈大冬木そらに思想をひろげたる〉は引き締まった景。〈水温む雲は高きにありてこそ〉〈春を待つ空の下より空を見て〉などは悠々自適の日々です。

**水のべてゆふぐれひろき夏は来ぬ**

今度は**水のある景色**。〈水の上を水しぶきとぶ雁わたし〉など、調べもゆったりと広がりを感じさせます。〈てのひらに春のゆふべをしたたらす〉は淡彩のスケッチ。川辺で水を掬ったところでしょうか。〈大川の漆のごとき大暑かな〉。川面の照り返しを漆塗りの艶に喩えました。

**天日のふりつもりけりしらが葱**

ひかりがあふれます。「ふりつもり」で、しらが葱へ焦点が絞られていきます。〈松過ぎの承塵《なげし》に夕日あたりけり〉。承塵は長押のこと。陰翳礼讃の世界です。〈黒揚羽ゆき過ぎしかば鏡騒《かがみざゐ》〉。鏡騒は作者の造語。揚羽が過ぎ去ったあと、鏡がさざ波のような音をたてました。

**秋風やわが身のうちのみをつくし**

淡墨で描かれたような句ですが、枯淡とも違います。なんとも**艶があります**。〈おぼろめく月よ鼻緒はゆるみがち〉〈花冷と言ひ淡墨をこぼしける〉〈白桃は仄聞のごと水に浮く〉も上品な色気がこぼれます。〈抱擁の五月は風をつむぐ月〉。これはまたなんとも若々しい句。

**誰の忌ぞ雪の匂ひがしてならぬ**

**忌日俳句**もかなり詠まれています。〈百閒忌斜め貼りする空家札〉〈荷風忌の古二階家に煙るかな〉〈櫻桃忌指をほそめて洗ひけり〉〈河童忌のさらばへしわが肋かな〉など遠眼差しで文人を偲びました。〈亡き母が蒲團を敷いてから帰る〉。亡き母の句が句集の掉尾を飾ります。

## 57 探偵の目 『海市郵便』仲 寒蟬（1957-）

ちょっとした事実を発見したり、ものごとの裏側が見えてきたり…。人ばかりでなく動物の心理まで分析したりもします。観察力、分析力、そして推理力。まさに探偵の目で詠んだ句です。ひょっとすると〈しよぼくれてゐる探偵とかき氷〉は作者のことかもしれません。

**ところてんつるんと消えてのこる口**

まず**観察力**。〈春愁やもたれ返してくる柱〉〈夕立に續編のある終り方〉〈秋聲のひとつに骨の鳴ることも〉。小さな発見ですが、目のつけどころがユニークです。〈短夜は短夜なりの獏がゐる〉〈絶滅へ飽くまで大人しき目高〉〈人生の足しにはならぬ端居かな〉には諧謔味も。

**首しめてやりたしと編むマフラーか**

次に**推理力**を見てみましょう。〈金魚賣賣らるる金魚より不憫〉〈寒卵割つてその死のみづみづし〉〈しやぼん玉吹いて家出をそそのかす〉とものごとの裏側を詠みます。〈海市からとしか思へぬ郵便物〉〈公家風の名を名告りたるサングラス〉などでは事件の匂いを嗅ぎ取りました。

### 逡巡を見抜きし顔の蜥蜴かな

顔色からの**心理分析**。〈手袋の毛玉氣にする別れかな〉〈一寸の毛蟲にも道わたる意志〉では動作からその気持ちを察しました。〈落鮎と思ってをらぬ鮎泳ぐ〉〈生誕の意味忘れたる蝸牛《かたつむり》〉〈誰からも好かれぬ自由なめくぢり〉などとあたたかく見守ったりすることもあります。

### 蚊帳といふ蚊をいとほしむ装置なり

蚊帳＝かや

なるほどと思わせます。なかなかのご明察。〈焼薯といふ宗教のやうなもの〉〈大雪渓つまりは風の滑り臺〉〈安んずるとは敗荷《やれはす》のことかとも〉なども、ものを**定義づけて真相**に迫ります。〈流通の末端としてシクラメン〉。考察は流通経路にまで及びました。言われてみればその通り。

### 蟷螂と同じ山河を見てゐたり

〈囀りの眞只中に膝を抱く〉〈一人来てまたさびしさを足す焚火〉。探偵はとかく**孤独**です。〈數へ日の茶柱立ちしためしなし〉〈この星に生れて冬の蠅を追ふ〉と愚痴も出ます。でも〈虚栗《みなしぐり》これもひとつの身のあかし〉と気を取り直し〈セーターを男臭さとともに着る〉と出かけます。

## 58 軽妙洒脱

『創世記』西山春文（1959-）

〈井戸水を喉のよろこぶ帰省かな〉〈白魚の跳ねてしづくとなりにけり〉〈白墨の手になじまざる残暑かな〉などの抒情句もありますが、注目はやはり茶目っ気たっぷりな句。あたたかみや思いやりに裏打ちされたユーモアには人情味があふれています。思わず笑みがこぼれます。

**ごみ袋両手に提げて御慶かな**

御慶＝ぎょけい

ハハハ、そんなこともありそうです。〈大根受く回覧板と引き換へに〉〈銀杏を踏む銀杏をよけし足〉〈ネクタイを締めてはほどき業平忌〉。日常生活の中から**おかしみのある情景**を切り取ります。〈こよことよとけえれけえれと田の蛙〉は蛙からのメッセージ。帰省時の句でしょうか。

**わが前をモンローウォーク敗戦日**

敗戦日ということで少し風刺をきかせました。〈論客の香水の香の強さかな〉〈北風が強欲な絵馬打ち鳴らす〉〈丹精のかくも曲がりし初胡瓜〉なども**やや皮肉っぽい**ようですが、温もりのある句。〈隣家より来たる毛虫を踏み潰す〉。なにか隣家との間にわだかまりがありそうです。

天瓜粉＝てんくわふん

**われに似てしまひし眉毛天瓜粉**

娘さんの眉。それは大変です。〈煤逃げの渋滞をもう抜け出せず〉〈餅を搗く不惑の腰の定まらず〉などと**自分を笑い飛ばします**。〈露の世にあくせくと古書漁りかな〉〈持て余す小銭の嵩や年の市〉〈外にも出ず稿も進まず初嵐〉〈姫二人御后一人クリスマス〉も日々の自分です。

**三界に家なきはずの大朝寝**

〈その胸をかつては誇り水着妻〉と奥さんも句材にされます。〈妻知らぬ抽出しのもの西鶴忌〉と悪事が露呈して〈叱られし身を深々と春炬燵〉と相成ります。〈冒頭がいきなり濡れ場読始〉〈読初の犯人美女でありにけり〉〈人妻の手のしろじろと岩清水〉などは**さらりとお色気**。

**初泣きの四肢の力をもてあます**

〈一匙の氷菓が笑顔とりもどす〉〈花疲れまづ子を抱きし腕より〉。ユーモアのある句が句集でいきいきとしてくるのは、このような**愛情にあふれた句**があってこそです。〈悪童の声を張り上げ卒業歌〉〈傘さしてきてずぶ濡れの一年生〉などは学生や子供たちへの優しい眼差し。

## 59 てらいのなさ

『河豚提灯』吉年虹二（1925-）

てらいなく眼前のものやその時の思いをふっと詠んだだけ。そんな風に見えます。でも句に奥行きがある。そして飄々とした作者像が浮かんでくる。これは一体なぜでしょう。読者に想像の翼を与えて句の世界を広げる。どうもそんな仕掛けがいくつか仕組まれているようです。

**顔見世にかかはりのなく京にをり**

暮れの京都。一体どんな野暮用があったんでしょう。〈退屈を蠅虎《はえとりぐも》と頒ちをり〉は無聊のひととき。〈普段着の女将と昼の年忘〉〈灯に来たる馬追庭に返しやる〉など**時間の流れで句の世界を広がらせます**。〈野遊といふも飛火野《とぶひの》までのこと〉。でもちょっとした日帰りの旅です。

**ポスターの美女吹かれゐる春の風**

具体的に誰と言わないことでかえって読み手に想像する楽しみを与えてくれます。〈ありあはすものごつた煮て風邪籠り〉〈坐るものことかかぬ庭春の風〉など、**曖昧にすることで逆に景が見えてくる**という仕掛け。〈浮巣を見浮巣の名残らしきも見〉も広々とした水面が見えます。

**一本はどう食べようか早松茸**

どちらかの頂き物でしょうか。焼くか汁物にするか、さてどうしようかと読み手も考えます。〈寝冷なる仏頂面は許しおく〉〈ハンモックまで追ひかけてくる電話〉。**そのときのやりとりや情景**が浮かびます。〈針納古き眼鏡も納めけり〉。針仕事には欠かせなかった眼鏡です。

**輪を少しちぢめて雨後をまた踊る**

輪の大小だけに着目。「雨後」で状況がわかります。〈花筏ひつぱつて行く鯉の鰭〉も**ディテールを詠んで広がりを持たせる句**。〈飯蛸の飯の重さの伝ふ竿〉は当たりの微妙な手ごたえ。〈貰ひ手のつかぬ実梅の嵩となる〉。朝から梅の実を採っていたら興が乗ってしまいました。

**風花のもつれてをりし風の筋**

**さらり詠んだようでいてひねり**があります。この句では「もつれる」。言われてみればなるほどという発見。〈かばかりの丈の低さの草いきれ〉〈利き腕は吾にもありぬ潮まねき〉も同じです。〈胸襟をひらく話は浴衣着て〉〈実となりて栴檀の名をかがやかす〉は常套句のひねり。

## 60 息づかいを詠む

『雄鹿』中西　愛（1929-）

身のまわりを眺めてふと気になった情景を切り取ります。波多野爽波門らしい写生句。思いを季語や風景に託すというのではありません。自分の動作や視線の行方など、いわば自分の息づかいを詠みます。作為を感じさせないのが技。新しい感覚の写生句といえると思います。

**春水にさし入るる手の相もつれ**

視線の先に春の水に揺れている自分の手のひらがあります。でもそれだけ。情を重ねているわけではありません。〈船の灯に夾竹桃の花揺れて〉〈もの丶芽に午後は風船玉しぼむ〉もたまたまの眼前の景を詠んだだけという印象です。でも**作者の日々の息づかい**が聴こえてきます。

**春愁のわが目見据ゑて髪を梳く**

〈語りつ丶引けば根ごとの月見草〉。第三者の目で少し距離を置いて**自分自身を写生**します。〈津軽豆ひとり嚙みをる夕端居〉〈外套に丈長き髪折り込める〉なども、とくに思い入れもないような詠みぶりです。〈灯を消して百合の香強き旅枕〉〈畳に立ち汐干の海の退きゆくを〉は旅吟。

**湯あみ後の膝しなやかにちまき解く**

**ふとした時の体の感覚**。〈雛の灯に浴後のあつきあしのうら〉〈蚊帳《かや》にあり一日を解きし手足あり〉〈端居して火の山の冷え身におよぶ〉などからは心情や思いが伝わってはきません。でも作者像が浮かびます。〈草焼く火はぜつゝ汗の乾きゆく〉は流れゆく時間の描写です。

**純白のセーター撰りぬ花満つ夜**

夜桜を見にゆくセーターを選んでいるところでしょうか。頭に浮かんだ**情景を取り合わせ**ました。〈蝙蝠《かうもり》傘のしづく重しや夏柳〉は傘から柳へ目を転じたところ。〈金網に焼けゐるするめ木の葉舞ふ〉〈桶に浮く豆腐くちなし雨に咲き〉などは台所の窓の外の景色との取り合わせです。

**子寶は一人のみなり梅を干す**

句集には思いを述べた句も少しあります。〈かなしみはいかりしづめぬタンポポ黄〉〈主婦老いぬ浜昼顔の家を守り〉〈姉の忌や厨さわらび煮ふくめて〉などとそっけないような感じにさらりと詠まれています。〈ほほづきの赤し旅程のつまりつつ〉。**過剰な情趣のないのが新鮮**です。

61

# 言い切ること

『草の花』中尾寿美子（1914・1989）

五十代半ばから六十歳までの句。昭和の激動期を生き抜いてきた矜持の感じられる、平明でありながら凛とした句風です。思いを深くして、きっぱりと言い切る。俳句は「断定の詩」だといわれますが、言い切ることで余韻が醸し出されます。その切れ味のよさを味わいましょう。

**白髪は風棲みやすし初御空**

ぴしっと**断定**することでメッセージ性も高まり、インパクトのある句になります。〈水底に墓原はあり虎落笛〉。言い切ることで水底の墓原の存在は揺るぎなきものとなりました。〈山風は憂しいちにちの白日傘〉と思いをきっぱり伝えます。〈足弱のをんなを遺す青嵐〉も印象鮮明。

**天窓といふ窓があり鰯雲**

天窓があると述べているだけ。**一点に絞り込んで強調**します。〈初夢のさびしかりけり固枕〉〈戸障子の声高に冬立ちにけり〉〈柱いつぽん倚るべくありぬ夏霞〉もシンプルな句姿が効果的です。〈病むときも黒髪は黒日の盛り〉では黒に焦点を当てて夏の強い日差しと対比しました。

### 日が射して山かるくなる神無月

翳っているところがなくなってなんだか軽くなったと断定します。〈肥《ひ》の国は雨ばかりふる葱畑〉〈曇る日も水はかがやく山桜〉も同じ。〈もの音の聞えねば飯饐ゑにけり〉〈霜の杉むらさきは亡き母の色〉〈空壕の青は賢し桃の花〉なども**決め付ける**ことで余韻が広がっています。

### 秋の風仏間より昏れはじまりぬ

〈ひるがへり易く僧衣と女郎花〉などとよく観察して**見極めた上で断定**します。〈陽炎へり子猫を捨てて来しあたり〉〈右よりも熱きひだり手鳥曇〉はふと気づいたことを一句に。〈胸中も山家のごとし柿落葉〉〈枝折戸といふ優しさよかんな月〉〈冬日射し長女のごとし潦《にはたづみ》〉は思い切った喩え。

### 淋しくて寒林は空かき鳴らす

ものごとの**きっぱりとした把握**です。〈灯すやはつと胡桃になる胡桃〉〈いもむしに転生のゆめ明易し〉〈著莪の花石を出てゆく野の仏〉では対象とこころを一つにしました。〈墓掘りと知らずに秋の蚊が縋る〉〈雑巾となりしその日に凍てにけり〉は擬人化して言い放ったという態。

ここ一番というときに使う
決め技をいくつか持っておく。
これは自信につながります。
自分に合った技を見つけて
ぜひ習得してください。
ただし使い過ぎは禁物です。

第四章

# 決め技を持つ

## 62

# 落差をつける

『蕩児』中原道夫（1951-）

野球の球種で言えばフォークボール。真っ直ぐにきた球が手元でストンと落ちます。その落差で読者は空振り。でも爽快感が残るという仕掛けです。『蕩児』は第一句集。能村登四郎は句集の序で「手口が鮮やかで、はめられたと思っても痛快だ」と書いています。

**豊饒の沖を船ゆく初暦**

もちろん読者はひろびろとした海を思い浮かべます。でもそれはカレンダーの写真だったというオチ。〈あぶな絵にいやにちひさき螢籠〉。あぶな絵をズームアップ、さてなにが見えるかというと螢籠。〈のど飴の箱往き来せり蓮見舟〉。これはアップからロングへの**画面転換**です。

**白鳥を見にゆくチェーン巻いてをり**

白鳥の句かと思うと**肩透かし**、いわばチェンジアップのような句。〈青饅《あをぬた》のにぎはひといふ貝の足〉もいかにも洒落た小鉢を思わせておいて「貝の足」。〈春の風邪真顔で坊主めくりせり〉〈惜春の鯛の鯛骨ねぶりをり〉。思わせぶりな季語を上五に。そしてそのあとはぐらかします。

## 煮凝にのらりくらりと深入す　煮凝＝にこごり

ゆったりとした気息で詠み下します。ゆっくりと大きく曲がるカーブ。〈婆の手に触れ干柿の甘くなる〉も同じです。だらりと時間が過ぎてゆくところの味わい。〈風船売まさをな空をつけて売る〉〈蒟蒻にねぢれ与へし淑気かな〉は「売る」「淑気」で**微妙な変化**を見せます。

## 湯婆の冷めてしまひし重さかな　湯婆＝ゆたんぽ

「えっ、重さ？」という**意外性**で驚かせます。〈蟻地獄のぞきて揺れしもの乳房〉。ハハハ、作者は別のものを覗いていました。〈寄書を先に回せし蓼酢かな〉。ようするに早く食べたくてというのが答え。〈あと戻り多き踊にして進む〉。気を持たせますが、結局はすすむわけです。

## ほこと割り新藷どちらより食ふか

「さあ今度はだまされないぞ」と打ち気満々の打者をからかうような超スローボール。「えっ、こんなことを俳句に詠むの!?」と驚かせられます。〈途中まで蛇衣として下げて来し〉〈寄鍋にもつとも遠き席當る〉〈苗取の口へ飴玉入るる役〉なども同じ。おとぼけの味です。

63

# 抒情の香り

『淅淅《せきせき》』藤木倶子（1931-）

「淅淅とは竹が風を受けて窓にさやぐ幽かな音。その小さなさやぎが、ひととき誰かの心に届くような一巻になればという願いを込めた」とあとがきにあります。情を抑えてかつ抒情味の滲んでくるような句集です。では情を語らず、抒情をさりげなく香らせる、その手法とは？

**風絶えて音絶えて秋澄みにけり**

**流れゆく時間を写生**しました。リフレインが自分になにかを言い聞かすかのようなリズムを刻みます。〈消えてより夢曳く冬の流れ星〉は星が流れたあとの静寂。〈雪の音年逝く音と聞き澄ます〉も年の夜の一人の時間。〈寒林を辿るや己が音連れて〉は自分を見つめ直すひととき。

**大岳へ尾をひらめかす鯉のぼり**

**景色でそのときの気分を表現**します。〈銀漢へ夜釣りの竿の躍りたり〉〈神楽殿ずいと夏越《なごし》の風通す〉はいかにも涼やかな景。〈橋いくつ水路の村の夕しぐれ〉〈巌めぐる波に影あり磯菜摘〉はもの憂げな心持ちでしょうか。〈葺き替への萱の切り口秋暑し〉。こちらは一転、爽やかです。

## 武蔵野に水湧くところ落椿

**気持ちを季語に託します。**落椿の鮮やかな赤が作者の弾んだ心を伝えます。〈秋燕や人は生活の舟洗ひ〉〈生きるてふ寂しきことを螢籠〉では人生のはかなさ、〈墓守の箒の音や冬桜〉は潔さ、〈姉の座に姉居ずなりし新豆腐〉は気丈に生きていこうという気持ちを季語に重ねました。

## 茗荷の子くきと音して摘まれけり

〈馬の仔の乳の足らへる熟睡かな〉〈犬の眼の蒼める納屋の氷柱かな〉〈糞一つこぼす尾が見ゆ燕の子〉〈巣燕の出入り見てゐる足湯かな〉。**いのちへの慈愛の念**が伝わってきます。〈蜘蛛の子の目にも止まらぬ八肢かな〉〈蚊喰鳥闇出づるとき声落とす〉などもこまやかで優しい眼差し。

## ふさふさと犬の尾がゆく枯野かな

作者のゆったりした**気分が句の調べに乗って伝わってくる**かのようです。〈白炎となりて冬濤きほひけり〉〈重ね合ふ影に香のあり冬薔薇〉などは気が張った感じ。〈遠嶺より暁光生るる立夏かな〉も意気軒昂です。〈ひしひしと渓に音あり花胡桃〉には凜とした雰囲気があります。

## 64 寓意を込める 『深淵』神生彩史（1911 - 1966）

昭和二十一年から二十九年までの句がまとめられています。戦前は抒情味あふれる句を詠んでいましたが、句風ががらりと変貌しました。賛否両論ありましたが、寓意に満ちた個性的な句集です。戦後の状況下で詠まれたということもふまえて鑑賞すると味わいが深まります。

**白日の蛇には暗き退路あり**

〈鳴くことの蟬の生涯慌し〉〈蟷螂のとんで目標なかりけり〉。戦後の暮らしを**動物の生態**で表現しました。〈痩馬の眼に傲然と羽抜鶏〉。どちらも幸せそうに見えません。〈蛇穴に入る邪念消しゆくごとく〉は諦観。〈蜷《にな》の恋泥がうごいて了りけり〉。蜷は川や湖沼に棲む巻貝です。

**栗の毬足蹴にするや口ひらく**

次は**植物**。毬栗が追いつめられました。〈近松忌樹々古創をはばからず〉〈麦の穂に一として他をはばからず〉などは開き直りでしょうか。〈青梅はおのが酸ゆさに負けて落つ〉〈痩土や牛蒡人参性根なし〉と弱気にもなります。〈飛行する種子秋風にさからはず〉はなげやりな気分。

## 木枯やわが来し方に昨日なし

**自然の事象**に自分の境涯を託します。もう昨日は振り返らないという思いでしょうか。〈しやぼん玉触れなば石のやはらかき〉と優しい言葉に触れて頑なな心が開くときもあります。一方〈荒縄で縛るや氷解けはじむ〉〈棒寒く突立ち縄を地に垂らす〉と心が崩れてしまう日も。

## 三日月よ夜の案山子は阿呆らしい

**風景に託した思い**。突っ立っているほかない自分を案山子に重ねます。〈噴水の白き火花も枯れんとす〉〈藤棚を支ふ柱で了りたり〉〈春の雁花環は輪のみのこりけり〉などは無力感。〈石は石の形に秋は来たりけり〉〈地を照らす灯は高からず十三夜〉などは失意の日々に見た風景。

## 炭を割るそれより硬き炭をもて

どんな状況でも腹を据えて人は生きていかないといけません。〈大根ぬくあとからあとから穴暗し〉。でも暮らしはよくなりません。〈われに似し男寒夜の靴みがく〉と街角の靴磨きに**自分をダブらせます**。〈白服の税吏となりて喋り出す〉などと人が眩しく見える日もあります。

## 65 人物スケッチ

『変哲』小沢昭一（1929-）

永六輔や柳家小三治らと四十年にわたって月一回の「東京やなぎ句会」を続けてこられました。作者の最大の関心事はやはり人間。町で見かけた人の癖、喜怒哀楽の表情、人となりなどを詠まれています。花や蝶などを詠むのはどうも苦手という人におすすめ。

**もう科《しな》をつくる幼き手毬かな**

おしゃまな女の子です。〈宵闇の不良少女の煙草かな〉。こちらはその十年後でしょうか。季語がぴったりはまっています。〈映写技師の太きズボンの薄暑かな〉〈日盛りや不動産屋の白きシャツ〉〈主人《あるじ》着くずれて碁会所夏めけり〉などでは**服装**に**目**をつけました。

**足の蚊を足で打ちつつ長電話**

**人の動作や癖**を観察して一句に。〈栗食いてこれを終《しまい》と手をこする〉〈蜜柑もみてもみてむかずに置きにけり〉。なにかものを食べているときのなにげない動作も句材になります。〈声かけて昼寝の足の返事あり〉〈水洟の釣り銭手間がかかりけり〉も思わず目に浮かぶシーン。

## 一人泣かせて雪合戦終る

**人々の暮らしぶり**を詠みます。まずは子供たち。〈いもむしを結局子等は踏みつぶす〉と子供はときに残酷です。〈失意の伜に手伝わす接木かな〉は短編小説が書けそうな句。〈商談の雑にまとまる鯨鍋〉〈おでん屋台いつもの犬の来ない夜〉はサラリーマンのアフターファイブです。

## 病む妻へ餅を小さく切りにけり

お正月だというのに奥さんが寝込んでしまいました。「餅を小さく」がいいですね。〈蜆汁とわかる音きく寝床かな〉〈長閑なり長女がつくる蟹ピラフ〉〈雛市や次女にぼんぼり買い足しぬ〉。**家族へのやさしい視線**を一句にしました。でも本人は〈放り出すバナナの包み父帰館〉。

## 可も不可もなき余生かなビールかな

つぶやくようなひとりごと。**自分自身のスケッチ**です。〈盆梅の向き変えてみて茶をいれて〉〈春眠を孫にふんずけられており〉といった日常。〈ドーランののり軟《やわらか》く夏来たる〉〈きぬかつぎ楽屋のれんの出入りかな〉〈春雨に夕刊かぶり帰りけり〉はいわば職場詠。

## 66 自由律で詠む

『鯨の目』成田三樹夫（1935-1990）

作者は「仁義なき戦い」や「極道の妻たち」など存在感のある演技で人気のあった俳優。亡くなった翌年に刊行され、はからずも遺句集になってしまいました。季語にも五七五の韻律にも頼らずに、自分の思いを飾りなく雑音を取り払って詠む。そんな自由律の句が中心です。

**目が醒めて居どころがない**

自由律と言えば山頭火や放哉が浮かびますが、われわれの句はあのように作者の境涯を思いつつ鑑賞されることはありません。**句だけで勝負**です。これは中途半端には作れません。それなりの覚悟で詠み続けていかなければなりません。なかなか厄介なジャンルです。

**手の冬蠅を見ている**

もちろん十七字にしても詠める内容です。でも余計な言葉を加えて要らぬ情感を加えたくない。〈力が抜けて雲になっている〉〈風の音か息の音か〉〈八方つつぬけの極楽〉なども、**まつわりつく余計な情感や調べを拒絶した句**。〈背をのばせばどこまでも天〉はいかにも爽やかです。

**波ひいてもぬけのからのいとおしき**

今度は無季の句。夢中になったあとふっともぬけの殻になってしまったようにぼーっとしてしまった。そんな自分を愛おしく思うといった句意でしょうか。〈ものみなよく見えてきてはるかなり〉〈名もない星にぽとりとおちる〉。いずれも**季語に頼らないでやるせない詩情のある句**となっています。

**咳こんでいいたいことのあふれけり**

〈身の痛みひと息づつの夜長かな〉。**入院中の句には有季定型の句**が増えています。そのほか〈黒き大型扇風機の落下の如き鴉〉〈寝ぐせつきたる如き鴉もおり〉といった自分を鴉に見立てたような句もあります。〈痛みとともに掌《てのひら》宙を舞いはじめ〉はなんとも痛ましい句です。

**おおきい意志にて氷柱まがるぞ**

定型ではありませんが、**リズム感**があります。〈肉までもぬいだ寒さで餅をくい〉〈暗き淵よりわいてきたるや大あくび〉〈物云いたげな急須の口や秋深し〉。こうした諧謔味にあふれた句もところどころに見られるのが魅力です。〈鯨の背のぐいと海切る去年今年〉は雄大な句。

## 67 大見得を切る

『摩訶』高橋悦男（1934-）

ど真ん中へ豪速球を投げ込む。腕が縮み上がっては豪速球になりません。雑念を払って投げ込みます。そんな気分爽快な句を詠んでみたいものです。やはりポイントはすっきりと思い切ってシンプルに詠むこと。あれこれ捏《こ》ねくりまわさずに表現したいことに絞り込みます。

### 竹一本切って始める盆仕度

竹で骨組みを作り盆棚にします。その竹に焦点を当てました。〈初蝶の吹かれて渡る水の上〉〈大滝の吹かれ曲がりて捩れ落つ〉も蝶と滝だけで勝負です。〈千年の杉千年の木下闇〉〈筆は一本箸は二本や一葉忌〉〈松飾る築百年の床柱〉などは**数字を生かしてシンプルに**。

### ゆつくりと移る星座や夜干梅

**大景を詠みます**。「これでどうだ！」と大見得を切ったような句です。〈噴煙を一筋上げて島霞む〉〈連山の晴れて一村梅を干す〉〈高々と帰燕の空となりにけり〉などと空の広がりを感じさせるのがコツ。〈火の国の火の山に立つ雲の峰〉もいかにも雄大。阿蘇の大景を描きました。

## かたつむり山を背負ひて動き出す

山を背負ってでもいるかのようなゆっくりした歩みです。**誇張表現**が決まりました。〈一万のにはとり騒ぐ日雷〉〈千枚田千の音立て水落とす〉〈寝たきりの千年長し涅槃像〉〈こころざし一つに万の松の芯〉など。これらの句にも誇張された数字が効果的に用いられています。

## 今日の日のほかに今日なし大旦

大旦＝おほあした

大旦は元日の朝のこと。スパッと**断定する小気味よさ**です。〈一芸に生きて蓑虫ぶら下がる〉。蓑虫の一生を「一芸に生きた」と言い切りました。〈夏ばての始まつてゐる膝頭〉〈蛞蝓《なめくぢり》前もうしろもなかりけり〉〈蟇《ひきがへる》　年齢不詳でありにけり〉などもなるほどと頷かされます。

## 腹八分老いては七分ちやんちやんこ

思わず覚えてしまう調子のよさがあります。**格言調**の句。〈人生は一人に一度ちんちろりん〉。ちんちろりんは松虫のことですが、さいころ賭博も思わせて面白い味わいがあります。〈去るもあり加はるもあり百千鳥〉〈一日に一日老いて麦を刈る〉などもしみじみと含みのある句。

## 68

# 大阪弁俳句

『大阪とことん』小寺 勇（1915-1994）

徹底して大阪弁に拘り抜いた俳人がいました。筋金入りです。「大阪を表現することが私を表現すること」と言ってはばからない小寺勇のとことん大阪な俳句。とにもかくにもまずはお楽しみください。で、自分なら自分の育った町をどう詠むだろうかなどと考えてみませんか。

**きまり文句の「ぼちぼちだんな」十二月**

「儲かってまっか」と聞かれてのお決まりの答え。〈泥臭《どろぐさ》いのが浪花の名物粟おこし〉と**体裁を繕わないのが大阪流**。〈言わんかて阪神びいきで割氷《かちわり》族〉。太閤さんの町は家康も巨人も嫌いです。でも意外と〈反骨がふにゃふにゃになる日向ぼこ〉だったりします。

**熱があるいうたらでぼちんもてくる妻**　※「でぼちん」は額のこと

〈暇やったらてっとて土筆のはかま取り〉（「てっとて」は「手伝って」）。織田作の**夫婦善哉の世界**です。〈女房という同居のおばはん春の宵〉〈やかまし屋のお嬶似尻太干大根〉などと憎まれ口を叩きますが〈悪いこと言わへん風邪なら寝るこっちゃ〉と実は優しいところもあります。

## ショート・パンツがようてステテコはなんでやねん

〈ステテコで一夏を通す路地天国〉。路地は自分の家の庭、涼しければいいわけです。〈蚊に覚めてほべたでぼちんめくら打〉と**気取りません**。でも〈大阪のしょげたれ星よ降誕祭〉と恋人に振られてしょんぼりしたりもします。〈橋の名を地名に残す夜涼かな〉と詩人でもあります。

## うどん屋に素うどんのなしエンタツ忌

高くてうまいのは当たり前。安くてうまいものを見つけるのが**大阪の食通**です。〈熱いうどんで呑むうどんやの風邪薬〉と出汁は風邪薬にもなります。〈串カツ屋の食べ放題の生キャベツ〉と遠慮しません。〈このわたの嫌いな阿呆《あほ》がいる余得〉とお隣の皿からもいただきます。

## 揚ひばり蕪村の毛馬の堤やもん

ご存じ、蕪村は毛馬の出身。〈菜の花の往時は鉄道唱歌にも〉。大阪平野の菜の花畑は蕪村をはじめ大阪人にとっての**原風景**でした。〈かき舟も五座も廃れて冬の月〉。道頓堀も当時の面影はもうありません。でも〈大阪はどこも下町祭月〉。天神祭には大阪中が熱くなります。

## 69 切れ味のよさ

『麗日』永方裕子（1937-）

句集の跋で草間時彦は「切れ味がいい」と評しています。切れ字を「ここぞ」というところで有効に使っている。調べの歯切れよさ。感覚が鋭くて切れ味がある。過剰な思いを込めず潔い。色彩を抑えたシンプルな印象など—。ではそんな「切れ味の磨き方」を学びましょう。

**爽やかに学問の眉上げにけり**

A音を繰り返すことできっぱりした感じに。リズム感のいい句です。〈秋の繭ことりと影の生れけり〉。こちらはひそやかな調べ。〈麗日や歪みさだまる青き壺〉〈上げ潮や息ととのふる夏の蝶〉。取り合わせが決まりました。〈文鎮の重たき仕事始めかな〉も**切れ字が生きています。**

**豊年やあまごに朱の走りたる**

あまごの朱の斑の連なりを「走る」と表現しました。〈合歓《ねむ》の花流れは渦をほどきつつ〉〈木洩日のさざなみとなる川床料理〉。「ほどく」「さざなみ」はいかにも**感覚の冴え**。〈紺青の銅鑼打つごとし冬の海〉は喩えが個性的です。〈風鐸のしんとありたり桜散る〉は取り合わせの妙。

## 彼方より般若心経朝ざくら

**鮮やかで歯切れのいい句**です。〈山茱萸の午後の日射しとなりにけり〉〈鮟鱇に鼻すぢありぬ深曇〉〈捨雛《すてひひな》汐引く速さありにけり〉。それぞれ背景をすっきりまとめて対象に迫りました。〈薪を割る山の寒気を真二つ〉〈山中に鈴の音して牛冷す〉も凛とした空気が感じられます。

## 水打つてのれんの藍のしたたれり

**色合いをシンプルに**まとめました。〈太箸の白きに言葉あらたまる〉は新春のめでたさを白で象徴。〈遠雪崩みづうみの藻のひらきけり〉は雪の白で藻のみどりを引き立てます。〈鰺刺やはたと濃くなる海のいろ〉。鰺刺はカモメ科の鳥。水中に突入して魚を捕えます。その一瞬。

## 終戦日群れて影なき山の蝶

終戦日には格別の思いがあるはず。でもそれは述べずに叙景だけ。**俳句はモノに語らせる**という骨法通りの句です。〈目つむりて齢ゆかせけり花ゆすら〉〈秋うらら浮桟橋のひとり鳴る〉なども同じ。〈銀漢や子は父と肩組みて足る〉では父子の動作でその気持ちを表現しました。

70

# 淡彩で描く

『萩供養』岸田稚魚（1918－1988）

六十歳前後の五年間の作品が集められた充実の一冊。格を保ちながらも淡い抒情味が滲み出るような句が揃っています。全体的な印象はモノクロームの世界ですが、どこかに艶がありま す。静謐感の漂う淡彩画の趣き。「風」「音」「空」などを詠んだ句が多いのが特徴です。

**水の面にばかり雨見え流燈会**

灯籠流しです。闇のなか水面の灯に近いところだけ雨脚が見えています。〈巻き返す濤のうしろに雪激し〉〈寂鮎や雨厚うして美濃の国〉〈秋涼し橋の下から雨見えて〉なども**モノクロームの世界**。静かな時間が流れます。〈炎天をゆく死者に会ふ姿して〉は白昼に白い衣服と影。

**涼しさや水に刺さりて青松葉**

松葉の青をワンポイントにした**淡彩画**です。〈雨傘をたたむころほひ螢燃ゆ〉〈水引のひとすぢくもる墓前かな〉なども同じ。〈手にうけて確かめて雨夕ざくら〉〈山雲の一日去らず紅の花〉は季語で彩りを添えました。〈仏具屋の店閉めてゐる花火かな〉は取り合わせの妙。

## 舟虫の風の形となりて散る

舟虫が風のように逃げていきます。ユニークな表現。〈秋もはや雲のかたちに風見えて〉では雲のかたちで風を描きました。〈消えがての花火に風の見えにけり〉〈大ゆれに梅雨に入るなる柳かな〉なども**風が主役**。〈人ごゑの風にかも似て流燈会〉。声が風のように流れてきました。

## 吊り古りし風鈴に音戻りけり

今度は**音を詠んだ句**。「音が戻った」という表現がいいですね。〈水の音してそれよりは秋の声〉はシンプルでいて深い味わいがあります。〈横丁に踏切鳴つて夕ざくら〉はいかにも昭和の音。〈にはとりのつまりしこゑや五月冷ゆ〉は旅先で訃報に接したときの句です。

## 四万六千日なる大き夜空あり

七月十日の観音様のご縁日にお参りすると四万六千日分のご利益があるとされています。その日の**空を詠みました**。上手いですね。〈松並木雲雀の空を振り分けに〉。松並木が空の果てまで続きます。〈大綿をかなしむ宙のありにけり〉。大綿は雪蛍のこと。はかないいのちです。

## 71 下五で決める

『雑草園』山口青邨（1892-1988）

みちのくを詠んだ句や高雅な香りのする句風で知られます。句姿の整った格調高い句揃い。なかでも五七／五と中七で切れて下五で決めるという句が目を引きます。上五中七で叙景して下五で景を定めたり、思いを託したり…。そんな技ありの句を見ていきましょう。

**子供等に夜が来れり遠蛙**

遠蛙を下五に据えたことで子供たちへの愛情と郷愁を誘うような世界が広がっていきます。〈みちのくはわがふるさとよ帰る雁〉〈相ふるゝ舟の音かな夜の秋〉も**下五の季語に思いを託しています。**〈一人ゐて軒端の雨や西行忌〉〈山門の上に月あり日蓮忌〉は忌日との取り合わせ。

**みちのくの町はいぶせき氷柱かな**

「いぶせし」とは気が晴れないといった意。故郷のみちのくへの複雑な思いでしょうか。みちのくの町の景から一気に氷柱へ収斂させました。〈まつくらな橋をくゞりし螢かな〉〈ころげたる木の実の尻の白さかな〉〈房州のとある港の捕鯨船〉などは**クローズアップしてゆく手法。**

**山下りて朝顔涼し京の町**

比叡山からでしょうか。京の町へ帰ってきたところ。下五の**地名で景色を定めます**。〈天高く畑打つ人や奥吉野〉〈山はみな栗の花咲く高尾口〉も同じです。〈上の橋下の橋あり雪の町〉は盛岡の中津川での散策。〈杣の子の木のぼり上手山ざくら〉も下五で景が明瞭になりました。

**わが庭に椎の闇あり梅雨の月**

庭先から夜空へ。**下五で視線を転じます**。〈船べりに頬杖ついて月見かな〉も船べりから名月へと視界が広がりました。〈一勺の酒の機嫌や落し水〉。落し水とは稲を刈る前に、田から水を流し出すこと。そんな田園風景が浮かびます。〈鉱山の暑き日となり昼按摩〉では遠景から近景へ転じました。

**ともしびにうすみどりなる春蚊かな**

〈おでん屋の屋台の下の秋田犬〉。なにかなと読みすすんでいくと下五で答えが示されます。〈雪かゝり星かゞやける聖樹かな〉も**下五で種明かし**。〈よき人の袂を吹いて扇風機〉ではちょっと肩透かしを食わされます。〈帯みんな美しかりし年忘れ〉も下五で景が鮮やかになりました。

72

# 清々しさを詠む

『縄文』 奥坂まや（1950-）

〈万有引力あり馬鈴薯にくぼみあり〉が話題を呼びましたが、句集の真骨頂は別のところにあります。なんとも切れ味のいい清涼感に魅かれます。「シンプルな構図で広がりを出す」「対象に肉薄してすぱっと切り取る」「凜とした色合いやひかりを詠む」などがカンドコロです。

**炎昼の十字架高きにありにけり**　十字架＝クルス

**焦点を絞って**シンプルに詠みました。〈公園の大木として年迎ふ〉も同じ。〈兜虫一滴の雨命中す〉ではさらにズームアップしました。〈飛込の双手鋭く揃ひけり〉では伸びきった腕の先へ着目。〈蟬声の一塊となりひたと止む〉。こちらは蟬が鳴き止んだ一瞬の切り取りです。

**大年や海原は空開けて待つ**

大空が初日の出を待っています。〈芒挿す光年といふ美しき距離〉。はるかな時空を思う静かなひとときです。〈渦巻くはさみし栄螺も星雲も〉。栄螺の渦から星雲へ視界が広がります。〈大年や灯ゆるめず滑走路〉〈汐まねき青空の音聴いてをり〉も**広がりのある清々しい景**。

## 香るごと街の灯点きぬつばくらめ

〈タンカーの入ってゆきし海市かな〉。**広がりのある景にワンポイント**加えました。〈星の座の定まりポインセチアかな〉〈馬積みて貨車発ちにけり天の川〉〈黒松は星を待ちをり旱梅雨〉などは星空との取り合わせ。〈山々を見上げて進む踊かな〉は盆踊りのロングショットです。

## うすらひに夕闇のすぐなじみけり

夕闇の中、薄氷の淡いひかりが見えてきます。〈しろがねのひびきのやんま通りけり〉〈みんみんに夕日の割れむばかりなり〉〈十三号倉庫月光蓄ふる〉なども**ひかりが主役**。〈次の間へ襖の松のつづきをり〉〈青墨にかなふ水仙剪りにけり〉なども凛とした佇まいを感じさせる句。

## 金星や麻服を着て船の上

爽やかな風と麻の肌ざわり。〈紫蘇畑天の川より風吹けり〉〈刃物屋に川風とどく祭かな〉なども**風**がスパイスとなっています。〈坂東は風をさまりぬ松飾〉。坂東は関東のこと。坂東太郎（利根川）も思わせます。〈烈風の冬が胸倉つかみけり〉では風を擬人化しました。

# 73 飄逸味

『年月』 小笠原和男（1924-）

いかにも飄々とした人物像が浮かび上がってきます。とぼけた味だったり、悠然と風格があったり――。与太郎風の自画像が出てきたりもします。そんな中〈爪上げの子に一本の川がある〉〈初鴨の来てゐる水を汲みにけり〉といったしっとりとした句が織り込まれているのも魅力。

**河鹿鳴く分だけ心付け渡す**

思わず心付けをはずんでしまうほどの河鹿の声でした。〈春隣猫がゐるから猫呼んで〉〈マッチ一本箱へ戻して日短〉。なんとも**とぼけた味わい**がありります。〈ふとん干す隣に借りのありにけり〉〈茄子の馬一つ余つてゐたりけり〉。とは言うものの気にしてる風ではありません。

**山独活を切りたる鉈を持たさるる**

〈袋掛袋を渡すだけのこと〉。今度は与太郎風。〈葱に土寄せて植ゑたることにする〉〈糸瓜切るその分顔を長くして〉〈着膨れて手足が難儀してをりぬ〉などと**自分を戯画化**しました。〈こほろぎの横を向きたる髭の数〉〈月末の次が一日雨蛙〉。こんなことが気になったりもします。

**白魚を掬ひたる手を返しけり**

泰然自若。〈襟ゆるきもの着て泰山木の花〉〈水やつて夕顔の花待つ時間〉。**悠然とした感じ**です。〈水ばかり飲みたる猫の孕みけり〉。「おやおやそうかい」と猫にも鷹揚。〈挨拶を待たされてゐる扇かな〉は少し微妙です。〈雪来る振子のごとく見舞妻〉は会話が聞こえてきそうな句。

**春の鳰潜るときめてこちら見る**

鳰＝にほ

〈馬の眼の集まつて来し寒さかな〉〈蟷螂の貌を上げたる訳を聞く〉。**動物との心の通い合い**を句にしました。〈雨蛙一つが鳴けば二つ鳴く〉〈颱風の外れてゆきたる鳩の首〉〈貌撫でて蟻が穴出るところかな〉と観察も怠りません。〈琉金の眠くなりたる泡一つ〉と作者も眠くなります。

**蝮酒仲間に入れてもらひけり**

好奇心旺盛です。〈お祓いの始まつてゐる蟻地獄〉〈集会の始まつてゐる巣箱かな〉など、**落ち着きなくあれこれと目が動く**のは俳人の性《さが》でしょうか。〈狂言の始まつてゐる桜かな〉。狂言より桜が気になります。〈どつと夏豹の絵柄の服が来る〉とこんなものにも目がいきます。

# 74 ウィットのある句

『夜のぶらんこ』土肥あき子（1963-）

知的に構成された詩情といった印象ですが、情のからまないすっきりとした味わいがあります。機知、見立て、比喩、擬人法なども駆使されて、しかもエスプリの利いた句。目のつけどころがユニークです。洗練された句を詠みたいという方には格好のお手本となります。

**逃げ水を詰めて駱駝に瘤ふたつ**

逃げ水は駱駝が運んでいたというウィット。〈一面の干潟に千の息づかひ〉。一面に鯥五郎の息遣いを感じます。〈砂踏んで砂丘鳴かせる良夜かな〉は月の砂漠。〈蝌蚪に手の出てきて人に親不知《おやしらず》〉。あの違和感は同じなのかもしれません。〈目覚めれば蛙としての一日目〉は明くる日。

**燕の子静かで仕事はかどらぬ**

静かだとかえって気になります。〈鷽替《うそかへ》の鷽も器量で選びけり〉。ご利益が同じならやはり器量でとなります。〈寒晴や上手に唄ふ籠の鳥〉〈ものの芽のおしなべて跳ね返りたる〉はシニカルな目。〈桐箱に収めメロンも臍の緒も〉。箪笥の奥に見つけた桐箱からメロンを思いました。

**流燈のゆく紐といてゆくやうに**

たましいのわだかまりも解けていくかのようです。いかにも流麗な**喩え**。〈新涼やたとへば広き男の背〉。意外な答えが返ってきました。〈熱帯魚水に包んで持ち帰る〉。なるほど、ポリ袋に包んでいるのではないですね。〈車座に新酒首級《しるし》のごと出され〉もその場の景が浮かびます。

**相槌のかはりに回す風車**

〈糸通すために呼ばるる夏座敷〉。「そうそう、そんなことよくある」という場面です。〈面識もなくぶらんこに隣り合ふ〉〈蓑虫の大きく揺れてみたものの〉は**諧謔味**たっぷり。〈アイロンの前では正座秋日和〉〈バリカンは仏壇の下蟬時雨〉なども、なるほどという着眼点です。

**宙吊りにしまふ包丁五月来る**

心が不安定になる季節と宙吊りの包丁。なんでもない情景ですが、季語がぴったりはまっています。〈涼風や透かして選ぶトンボ玉〉〈ともしびに白き芯あり夜の秋〉も季語が輝いてくる取り合わせ。〈郵袋が積荷のはじめ島の秋〉にはストーリー性あり。**知的な構成**の句です。

75

# はぐらかす

『鳥屋《とや》』攝津幸彦（1947-1996）

正直なところ当惑させられます。どう読み解いていいかわからない。なにか普通に俳句として成立しそうな言葉の組み合わせを一旦解除して別のものに置き換えたような印象。はぐらかされたような気分。でもなにか作者の感性のようなものが語りかけてくる。きわめて厄介です。

**階段を濡らして昼が来てゐたり**

「階段」「濡らして」「昼」といった**言葉が響き合って**アンニュイとエロスの世界を綾なします。代表作〈露地裏を夜汽車と思ふ金魚かな〉（『陸々集』）をはじめ、〈夕焼の中までかぶる野球帽〉〈電気屋は常に夜来る落葉かな〉〈忘じたる夏野に黒き日章旗〉なども同じ手法です。

**筋肉が築地の春を知つてゐる**

**謎解きの楽しみ**。魚河岸で働く男の筋肉隆々の体を思わせます。〈野菊あり静かにからだ入れかへる〉はふと幼い頃の自分にかえったところでしょうか。〈晩年や毛皮の穴を沼となし〉〈綳帯をして蛍火を飼ひ殺す〉。う〜ん、わかるようでわかりません。でも面白い。

## 夏草に敗れし妻は人の蛇

**言葉遊び**のような句。〈夏草や兵どもが夢の跡〉（芭蕉）の世界から昭和のムード歌謡曲の世界へ切り替わります。「蛇」でエロスの味付けも。〈留守番の桃の間にゐて烏賊にする〉は「如何にする」の駄洒落のようです。〈をんどりにもんどり打たせ家霊かな〉も笑えます。

## 白象に苦しむ姉に江戸の春

〈三島忌の帽子の中のうどんかな〉。本来そこに収まるべき言葉を**他の言葉に差し替える**。意味を拭い去ってしまう。そして詩が生まれるかどうかに賭けます。〈をみなみな水道ならむ麦の秋〉は「水晶」ではなくて「水道」。〈口にする極彩色の墓場かな〉も「言葉」でなく、なんと「墓場」を持ってきました。

## 八月の山河の奥に保健室

**意表をつく取り合わせ**。〈虹の根にあらむ亡父のはんだごて〉〈平城山に妻を忍びぬホッチキス〉〈霊前をきまりのやうに落下傘〉。なにか意味を考えたくなります。でも答えは多分ありません。〈永き日の馬泳がせて言語生活〉。「言語生活」は筑摩書房の休刊になった月刊誌です。

## 76 物理学者の発想法

『森は聖堂』花谷　清（1947-）

物理学者としての発想が随所に見られます。自然現象を科学者の目で解析したり、連想に広がりの出ない学術用語を詩語にしてみようといった挑戦も見られます。そのほか季節感を図形で認識するといった個性的な句もあります。科学者らしいロマンティックな句も魅力です。

**虫籠に入り学名で呼ばれたる**

学者ならではの発想の句。〈見えぬもの捉えておりし鹿の耳〉〈一匹は考えており蟬時雨〉などと**自然を科学的に把握**します。〈立冬や鉄路の継目ごとに音〉はごとんごとんというあの音。〈霜柱砂つぶ容れず砂の中〉〈人体は多面体なりいなびかり〉などもユニークな視点です。

**しゃぼんだま数理のいろを放ちけり**

数理（数学上の理論）通りの色合いです。〈やや白き素数ちりばめ冬木立〉。素数とは1とその数自身以外の整数では割り切れない数のこと。その素数のばらつきのように冬木立が見えます。〈秋水の屈折率も秋のいろ〉。**学術用語を果敢**に俳句に取り込んで詩情を醸し出します。

**螺旋より直線さびし枯葎**　枯葎＝かれむぐら

〈ヨットの帆三角になり線になり〉〈たて糸もよこ糸も藍夏はじめ〉。**季節感を図形や直線で表現しました**。〈かきまわすジグソーパズル鱗雲〉では鱗雲からジグソーのピースへ連想を展開。〈コンドルの肩のM型寒旱〉〈外套を函の形に畳みけり〉なども形状から発想した句です。

**寒鴉七羽以上は恐ろしき**

なんと几帳面に数を特定しました。〈円卓に椅子乱れたり十二月〉〈直前に最も乱れ独楽止まる〉〈まくなぎの群まだ崩れ易き日よ〉〈標本の整列の翅夏の果〉と理工系は**整理好き**。乱れに敏感です。〈エッシャーの∧錯視階段∨紙魚走る〉では騙し絵の中に紙魚を発見しました。

**走馬灯遠くの闇の動かざる**

〈海匂う葉書いちまい夏つばめ〉〈波音を砕く波音鷹柱〉などは文系俳句。〈夜桜や星の向うに見えぬ星〉〈帰省地へ星降る河を渡りけり〉。**ロマンティック路線**です。〈ひらかれた頁のうらを舞うさくら〉。頁をめくるとその頁の裏側で華麗な落花の幻想シーンが始まりました。

## 77 季節感の出し方

季を詠むのが俳句という方向があります。日々の暮らしの中で季節感をふっと感じた一瞬を切り取る。季語があればそれで充分という場合もあるかもしれませんが、自分の実感した、その瞬間をいかに切り取るかというのが勝負どころです。では季節感をどう演出するか——。

**薔薇の庭水を張つたるごとくなり**　『花実』高田正子（1959-）

夏の厳しい日差しの中、勝ち誇ったかのように薔薇が満開です。〈梅仰ぐみんな眩しきかほをして〉〈跳ねてゆくランドセルにも花の影〉などと**ひかりで季節感を表現**します。〈待宵や子もひとつづつ影ひいて〉〈夏料理むかうの山に月出でて〉は月の光に感じる季節感。

**くみおきて水に木の香や心太**

心太＝ところてん

いかにも涼しげな香りです。〈日の匂ひして生けらるるすすきかな〉。**匂いで季節感**を醸し出します。〈掻き寄せて霜のにほひの紅葉かな〉は晩秋。〈濡れてゐる草のにほひや花の塵〉はいかにも春の気だるいような昼下がり。〈大釜に飯炊きあがる桜かな〉もいい取り合わせです。

## 花びらのしばらく水面はしりけり

春風に桜の花びらが水面を滑るように走りました。〈やはらかな風きてくづす桃の花〉〈蟬の殻うすうすと風抜けにけり〉。どちらも**季節感あふれる風**です。〈花楓遠くを風のわたる音〉は楓の花のかそけさと風の音の取り合わせ。〈田を植ゑて風透きとほりきたりけり〉は風薫る頃のさわやかさです。

## 子につけし鈴のよく鳴る薄暑かな

次は**音による季節感**。初夏の澄んだ空気を感じます。〈オルゴール余寒の窓に置けば鳴る〉。金属音が余寒にぴったりです。〈みづうみのむかうの寺の除夜の鐘〉ははるかな鐘の音が除夜の物思いに通じます。〈風の音してこぼれ来ぬ寒雀〉。北風の中から元気な雀がこぼれました。

## 今年竹明るき雨の降りにけり

初々しい若竹に通り雨。夏らしい**雨の日の情景**です。〈菊濡らすともなく雨のあがりけり〉〈雨だれの次なる雫夕焼けて〉などでは雨上がりの空を詠みました。〈葉桜のまぶしき雨を仰ぎけり〉。初夏の清々しさが伝わります。〈雨の日の畳廊下や雛祭〉は物憂いような雨。

## 78 絵になる俳句

『繪のある俳句作品集』清水凡亭（1913‐1992）

作者は平凡出版（現マガジンハウス）創業社長。自身の俳句と書に表装をほどこしたものや当代切ってのアーティスト、大橋歩、堀内誠一、ペーター佐藤などが絵やイラストを添えたもので構成したコラボレート句集。「絵のある俳句展」も日本各地やパリで大好評でした。

**ふりむけば空似の人や秋の風**

イラストで限定してしまうのはよくありませんが、こうした句にパリのスケッチが添えられてあると味わいが出ます。〈春寒や皿に銭乞う辻楽士〉〈さよならを仏蘭西語でいう朧かな〉なども同じイメージで楽しめます。〈セーヌ河岸《がし》昏れて栗焼く匂いかな〉も**旅行気分**。

**冬帽子つかつかとみて画廊去る**

**物語性**のある**句**にはやはりヒロインの絵を添えたいところ。〈毛糸編むマダムと親し巴里の鳩〉〈春寒や泉に投げるリラ銀貨〉なども人物画があると物語のイメージが湧いてきます。〈おきにと簪ゆるゝ初座敷〉〈初芝居楽屋にとゞくすしの桶〉は京のお正月。絵になります。

**青春も余生も銀座春灯**

〈晩年の父に似てきし浴衣かな〉〈手まくらやいささか酔いて雛の部屋〉。**主人公をあれこれ思い描いてしまう句**。イラストレーターも描きやすいかもしれません。〈雪の駅まなざし熱き別れかな〉〈手相見のふと魔女めくやおぼろ月〉などは映画のワンシーンが似合います。

**香ばしき手焼せんべい一葉忌**

忌日俳句は**懐古調の絵**で。〈傘雨忌やいつもの友と銀座裏〉〈荷風忌や明治のランプ灯しけり〉など、画想もあれこれ広がってゆきます。〈どぜうやに寄るたのしみも三社祭〉〈仲見世に句誌賣る店や花曇り〉など。懐かしい下町情緒があふれるようなカットが欲しい句です。

**水といふ一字の軸や夏座敷**

〈筍の越前の土洗いけり〉〈古稀やなほ明日を夢みる雑煮かな〉。**身辺雑記という感じの句は書と表装**で。句と同じような絵を添えてもかえって面白くありません。〈逝く年や肴は白菜漬でよし〉〈春眠をさめて忘れし夢ありき〉など、ふっとしたときのつぶやきのような句も同じです。

## 79 微妙な因果関係

『花狩女』 小澤克己（1949-2010）

「〜して、こうなった」というかたちの句は微妙です。単に因果関係を表すだけではなく、取り合わせの一つのスタイルにもなっています。意表をつく場面転換であったり、味わい深い時間の流れであったり。因果関係があるような無いような…。その微妙さを味わってください。

**若葉して軒に風鐸錆びゐたり**

若葉と風鐸の錆とは因果関係はありません。でも構文上は因果関係があるような印象を受けます。そこが俳句独特の味です。〈絵日記に子栗鼠が跳ねて夏逝けり〉〈能舞台とんと踏まれて星飛べり〉も同じ。**取り合わせの妙**です。〈掛大根ずしりと嶺の暮れゐたり〉も説得力あり。

**稲雀飛んで夕日を散らしけり**

こちらは因果関係があります。稲雀が夕日を散らしました。でもその**展開が新鮮**で詩を生んでいます。〈男降りして一嶽の春逝かす〉。土砂降りの雨が夏を呼びました。〈大鷹の来てみちのくの空緊まる〉はきんと晴れ渡った冬の空。〈夏怒濤一瞬止めて列車着く〉も斬新な展開です。

## 草刈つて嶺の夕日を大きくす

一面の草が刈られて広々とした視界へ夕日。風景が一新したような印象を詠みました。〈風の扉が開いて花蕎麦明りかな〉も**鮮やかな場面転換**です。〈噴水に風きて街の歪みけり〉。噴水の穂先が流れて街の景が変わります。〈しぐれ鷹来て半島を傾かす〉は鷹の視線への切り替え。

## 斧仕舞ひしてくつきりと高嶺星

**時間の経過**を詠みました。仕事を終えて杣人《そまびと》が仰いだ夕空。〈坂登りつめれば春の銀河かな〉。登りきったところで眼前に銀河が広がります。〈突きつめてゆけば枯木の鳥かな〉は思いつめていてふと冷静になった瞬間。〈舌打ちのやがて口笛青芒〉。風に吹かれて機嫌が直りました。

## 束髪をはらりと祭終はりけり

**あることを契機にした感慨**。これで祭りも終わり。明日からはいつもと同じ日が続きます。〈木の実独楽はじけて明日を思ひけり〉。弾ける音に我に返っての思いです。〈実萬両活けて遠音に聡くゐる〉は静かな一人の時間。〈薪割つてすとんと父に年詰まる〉は郷愁でしょうか。

# 80 「けり」の達人

『流寓抄』久保田万太郎（1889-1963）

切れ字「けり」は動詞・助動詞の連用形に付く過去の助動詞。過去の事実や眼前の状況に対する感動や驚きを表現します。〈わが唄はわがひとりごと露の秋〉。万太郎の句は歎かいの詩だと言われますが、そんなつぶやきのような句を情感豊かにしているのが切れ字「けり」です。

**夏じほの音たかく訃のいたりけり**

六世尾上菊五郎の訃。**深い詠嘆の**「けり」です。〈月の雨ふるだけふると降りにけり〉〈柴垣を透く日も冬に入りにけり〉などもしみじみとした味わい。〈古暦水はくらきを流れけり〉〈どこみても空青き年惜しみけり〉。過ぎ去った日々への思いを「けり」がさらに強めます。

**空に月のこして花火了りけり**

こちらは**軽い詠嘆の**「けり」。〈花にまだ間《ま》のある雨に濡れにけり〉〈はつそらのたまゆら月をのこしけり〉といった風にさらりと流します。〈名月のふけたるつねの夜なりけり〉〈さゞなみをたゝみて水の澄みにけり〉。ひらがなのやわらかな印象を効果的に生かすのも大切です。

**うまれたるばかりの蝶のもつれけり**

〈単帯かくまで胸のほそりけり〉〈波の音やゝたかく蝶うまれけり〉。**発見の「けり」**です。〈盆の月ひかりを雲にわかちけり〉〈芒の穂ばかりに夕日のこりけり〉など、時間の経過を思わせるように詠みます。〈初鰹襲名いさぎよかりけり〉。襲名披露の印象をさらりと詠みました。

**日向ぼつこ日向がいやになりにけり**

**疲労感や倦怠感を表す「けり」**。〈四月馬鹿朝から花火あがりけり〉〈暑き日のはじまる簾下ろしけり〉など、「あ〜ぁ」というためいきが聞こえてきそうな句です。〈神輿渡御待つどぜふ汁すゝりけり〉〈煮凝にまづ一ト箸を下しけり〉もけだるさが伝わってくる調べとなりました。

**身のほどを知る夏羽織着たりけり**

〈燈籠のよるべなき身のながれけり〉〈夏の夜の性根を酒にのまれけり〉〈日に一度いたむ胃夏に入りにけり〉。憂いの色合いが濃い、**嘆きの「けり」**です。〈弱りめにたゝりめ二月来たりけり〉〈度《ど》外《はづ》れの遅参のマスクはづしけり〉〈衰運の卦の手袋を落しけり〉などは自嘲。

ある程度俳句に馴染んだら
自分なりの作句方針のような
ものを固めたいものです。
一番大切なことはものを見る視点に
ぶれがないこと。そうすれば
なにを詠んでも個性が出ます。

第五章

# 自分らしさを出す

## 81

# 涼やかに生きる

『星涼』 大木あまり（1941-）

句集名は「涼やかに生きたいという願いをこめて」とのこと。「涼やかに生きる」とは「いのちの一刻一刻をていねいに生きる」といったことでもあるんでしょうか。静かで涼やかでかつ豊かな時間が流れます。そんな日々のあれこれをさりげなく五感を働かせて詠む方法とは――。

**髪たばね涼しく病んでゐたりけり**

まるで**いのちを愛おしむように**髪を束ねます。〈星涼しもの書くときも病むときも〉〈病歴に似てながながと蛇の衣〉。臥せっていても涼しげに過ごしたい。〈歩く音秋に入りたる鳥居かな〉〈干草はぬぎたるもののごとぬくし〉〈夏野ゆく聞きわけのよき足二本〉もいのちの詩。

**きちきちと鳴いて心に入りくる**

**いのちといのちの交感**です。〈去ることが答へか秋のつばくらめ〉〈赤梨を振るやかすかに水の音〉〈人悼むために残れる鴨かとも〉。生きとし生けるものと心を通わせます。ときには〈聞きとめし初音に髪を束ねけり〉〈子燕に鼻の穴ある涼しさよ〉などと元気をもらったりも。

## かりそめの踊いつしかひたむきに

こうして人は死へと向かっていきます。**作者の死生観**を感じさせる句。〈序章より死があり水の澄みにけり〉はこの句集を表しているかのようです。それとも作者の人生そのものなんでしょうか。〈百合の柩閉めても百合の匂ひけり〉は死と生の対比、いや一体化かもしれません。

## 春愁をなだめてこんなところまで

〈雛よりもさびしき顔と言はれけり〉〈夕焼は遠し街からも誰からも〉〈鳥風や悲しみごとに帯しめて〉。一読、いずれも**いのちの哀しみ**が滲み出てくるかのようです。〈空青くしてそれぞれの冬仕度〉〈焼鳥やみなこめかみを動かして〉は人々の営みの中のはかないいのちを詠みました。

## 蝶よりもしづかに針を使ひをり

〈鏡台や落葉の音を聞き分けて〉〈竹秋の夕べとなりぬ裁ち鋏〉。静かで豊かな時間が流れていきます。〈ころがってゆくものの影水澄めり〉〈水餅の水をゆらして思ふこと〉。**透明感のあるイメージ**が広がります。〈繕はぬ浮巣がひとつ風の中〉は浮巣のかいつぶりへの感情移入。

## 82 淡々と思いを深く

『草に花』川島　葵（1959-）

四季別の構成です。作者の思いの深さが伝わってくるような句が日々の流れのなかで詠まれています。落ち着いた佇まいを感じさせる句。澄んだ目で眺めつつ、暮らしの中で句材をどう切り取るか——。てらいなく詠むというのは簡単なようで実はもっとも難しいのかもしれません。

**すれ違ふこと美しき冬の霧**

一日一日をていねいに生きる。そんななかから生まれてくる句。〈かたはらの闇豊かなり桃すする〉〈無花果を捥ぐ川筋に雲は散り〉。淡々と詠まれていますが、**作者の日々の暮らしの佇まいが伝わってきます**。〈コピー機の光の走る街の雪〉は目のつけどころが個性的。

**盂蘭盆や佃は橋につながれて**　盂蘭盆＝うらぼん

〈雨の日は雨の光の辛夷の芽〉〈山の湯の底まで届く冬日かな〉。**過ぎ去ってゆく時間を愛おしむような視線**を感じます。〈賑はへる一室のあり芋の秋〉〈大根の花大根の上に咲く〉〈煙草屋も本屋も落葉掃きながら〉もあるがままを詠って「言いおおせてなにかある」句です。

**永き日の二階に辞書を引きにゆく**

ある日の**ちょっとした動作や所作**を詠みます。〈月代《つきしろ》や俎に水かけまはし〉〈印鑑を息であたため秋燕〉。できるだけシンプルに、俳句にムリをさせずに。あとは季語に託すという作り方。〈岩魚の身骨よりはがす夜風かな〉は作者の箸使いまで見えてくるようです。

**雨降りのミルク沸かして合歓の花**　合歓＝ねむ

**しっとりとした時間の流れ**。〈二階から猫の出てゆく椎の花〉〈菜の花を食べて眠りぬ波の音〉も同じです。〈雀らの一日低き梅の花〉〈武者人形雨の中から人が来て〉では作者の眼差しが詩を生んでいます。〈夕立のあとの人出にまじりけり〉は雨があがるまでのひととき。

**冬晴るる夕べの夢の高さまで**

こちらは少し**抑え気味に情感**を込めました。〈どこまでも空のありたる鳥の恋〉〈下萌を子のさびしがる所まで〉。でも覚めた目で見つめます。〈ストックの白まつすぐに暮れゆける〉〈茄子になるうすきむらさき茄子の花〉は、淡い色合いでシンプルにまとめて効果的。

## 83 俳句のパッチワーク

『伊月集　梟』夏井いつき（1957-）

諧謔味あり、抒情味あり。思索に耽ったような大真面目な句もあれば、はちきれんばかりに元気な句もあります。いわばパッチワークのような句集。でもそのパッチワークを構成している端切れのそれぞれが絶妙のバランスで響き合い、ひとつの個性が立ち上がってきます。

**養命酒みたいな春の日のとろん**

**諧謔味たっぷり。**養命酒でおばあちゃんの家にいるような気分も出ています。〈龍の玉こつんほんとのことを知る〉はリズム感で楽しませます。〈蓮ぽんと咲いて同期という男〉。突然まじまじと男を眺めます。〈居留守して風鈴鳴らしたりもして〉と茶目っ気も忘れていません。

**炎天や人より影のふゆる島**

こちらは**硬派の句**。〈桃の日の解けばちから失せる紐〉〈惜春の重さに靴の砂がある〉は内省的な印象です。〈翁きて手を打ち鳴らす桜かな〉〈愛国や百合のごとくにひらく旗〉〈青空に切っ先ありぬ冬鷗〉はなにやら象徴的です。〈伸びすぎてしまえば曲がる松の芯〉はアフォリズム。

### 恋慕あり冬のダチュラを連打せよ

ダチュラは恋敵でしょうか。〈愛は速攻ぺんぺん草は風の中〉と気勢が上がります。〈野分波ぐんぐん白き野心あり〉〈若菜野をゆく金箔を蒔くごとく〉。**はつらつとした日々**が過ぎていきます。〈冬桜三十畳を拭きあげて〉〈冬帝やことに手強きジャムの蓋〉も力が漲ってくる句です。

### 異国語の字幕のごとく虹消ゆる

なにかよくわからぬままに終わった恋でしょうか。〈なにもかも終わった梅雨の蝶とんだ〉〈夕蝉をにぎるだんだんつよくにぎる〉〈夕星の疼けば枯野火も疼く〉と**落ち込む日**もあります。〈山羊の角ほどの秋思をひからせる〉〈失いし音を探している枯葉〉などは追憶の句。

### 廃船の竜骨みどりなす大河

パッチワークにはしっかりした裏地があります。それは**抒情味あふれる句**。〈春の鴨しずかに水の湧くところ〉〈波音のとどけば光る月見草〉〈鶏の目のわずかにひらく草朧〉などが句集の基調音となっています。〈さえずりのすとんと止めば波の音〉では少し転調されています。

## 84 中年の憂鬱

『父寂び』大牧　広（1931-）

ボードレールは『パリの憂鬱』で群衆の中での孤独を散文詩に記しました。この句集からも都会人の憂鬱を感じます。中年に差し掛かった時期のこころの陰翳を嫌味なくどう詠うか――。ここは季語の出番でもあります。透明感のある都会生活者の憂鬱の詠み方を学びましょう。

**名刺よく使ひし日なり夜の蟬**

ビジネスマンとしての**疲労感**。〈ハンカチの角が疲れて会議了ふ〉〈青みかん何か決りて拍手せり〉と会議にも身が入りません。〈茎漬に酒あまき夜は疲れ濃し〉〈鮟鱇鍋二人といふは謀る数〉。酒を飲んでも気分は晴れず〈金亀子こたびも出世遠ざかり〉と愚痴も出ます。

**目を剝いて案山子同齢かも知れず**

わけもなき**苛立ち**です。案山子に自分を重ね見ての自嘲。〈木の葉髪うしろしきりに火の匂〉〈汗拭くや壮年の身のくらく燃え〉〈燃ゆるものばかり眼がゆく風邪癒えて〉などとあせりもあります。空回りする日々。〈蝌蚪を見てすこし疑ひ深くなる〉と人間不信もあります。

## 真暗な水を想へり遠花火

希望に燃えていた日々への遠い眼差し。鬱々とした思いです。〈水飲んで血のうすく立つ鶏頭に〉〈力ほしくて鶏頭の脇通る〉。鶏頭は若き日の活力のアナロジーでしょうか。〈夜焚火を刃物洗ひし水で消す〉はそんな中年期の**満たされぬ渇望**がテーマの句なのかもしれません。

## 水のやうに新聞がくる秋夕べ

そして日々は淡く過ぎてゆきます。**アンニュイな時間**、諦観が滲みます。〈白梅を見てきて命淡くせり〉〈ほろにがきものへ箸ゆく春夕べ〉。老成したような思いにもとらわれます。〈遠火事のつひに眠たくなりて消ゆ〉〈まつすぐなものを見飽きて懐手〉などとなにごとにも無関心。

## 遠い日の雲呼ぶための夏帽子

孤独感はやがて**少年期への憧憬**に変わります。〈ひとり来て高波ふやす盆休み〉〈やさしさが海に戻りぬ秋簾〉と海を見ることが心の安らぎです。〈父の日の帆船白き照り返し〉と父親としての苦い思いや〈晩年の白ともちがふ新豆腐〉などといった老いへ向かう自覚も出てきます。

85

# 俳句のアハ体験

『鱧の皮』田辺レイ（1935-）

アハ体験とは「あっ、わかった！」と気づいたり、ひらめいたりした時に脳が感じる快感。アルキメデスが「ユーレカ（我、発見せり）」と叫んだあの一瞬です。俳句でもこれがあります。句の材料になるものを発見する法をこの句集で学びましょう。俳句におけるアハ体験です。

## ゴキブリの働く髭のわれも欲し

さあゴキブリの観察です。句になるポイントを探します。コイツの元気を欲しいものだと思います。**どこか一点に絞り込んで**句にしたい。で、動きを見て「あっ、この髭だ！」とアハ体験。〈ペン先に集まる力事務始〉〈鮫の目の青し水族館の夏〉では答えはペン先と目でした。

## 祖霊守るかに首里城の青とかげ

「なぜ、とかげが首里城にいるのか」。その**理由を考えて一句**です。〈筍の思案のさまの曲がりやう〉〈美しきゆゑ葉をもたず曼珠沙華〉なども同じ。蓑虫のあの蓑はどうしてあんなに頑丈なんでしょうか。答えは〈蓑虫の強情蓑にまで及び〉でした。なるほどこれは納得です。

## 湯中りのごと白鳥を見たる後

湯中り＝ゆあたり

**なにかに喩えられないか――**。白鳥を見た感動でぼーっとした気分。「これは長湯でのぼせてしまった気分だ！」とひらめきました。〈十五夜の迷ひ出でたるごとき雲〉〈花ひらくごと白鳥の羽づくろひ〉〈鳳凰の羽搏きに似て滝桜〉などのように直喩をあれこれ考えてみましょう。

## 枯れ尽くすちから背高泡立草

**擬人化**です。背高泡立草のなかに力を見ました。老人力でしょうか。〈蘂《しべ》見えてよりぼうたんの気だるさよ〉〈冬ざくらついでのごとく散りにけり〉〈潮騒を聞き分けてゐる水仙花〉など。吟行の際など「なにか人間に見立てたら面白いものはないか」と周辺を眺めてみましょう。

## 毛氈の虫喰ひも格雛まつり

今度はなにか**格言のようなもの**を考えます。〈ひらくとは崩るることよ牡丹咲く〉〈笑ふとは存《なが》らへること竹の春〉。断定すれば勝ち、あとは読者が補足してくれます。〈男とは女とは雛飾りけり〉〈寄鍋や引際といふ言葉ふと〉などと言いさして止めるという手もあります。

## 86

# 舞踊家の目

『武原はん一代句集』武原はん（1903－1998）

関西独特の地唄舞を東京で独自の舞台芸術にまで発展させた地唄舞の第一人者。全国各地で開かれた「舞の会」では毎回絶賛を博しました。そんな舞踊家の日常が淡々と詠まれています。俳句は高浜虚子に師事。舞踊家の目で見た女性の仕草や景色の切り取り方に艶があります。

**きのふ拭きけふ又かびぬ舞扇**

〈客を待つ粽にかけしぬれぶきん〉〈濡れ衣かさね干したる秋火桶〉〈夜嵐に眼覚めてゐるや萩の花〉など。さりげなく切り取られた日常の句からも**舞踊家の作者の佇まい**が浮かんできます。〈知らぬ子の帯なほしやる七五三〉といった所作もいかにも舞踊ひと筋の人ならでは。

**梅遅き舞の旅路を帰りけり**

絵巻物のような車窓が浮かんでくるような句。〈小春日の寿司など買うて舞の旅〉はのんびりとした汽車の旅でしょうか。〈山荘に一と夜の旅の秋障子〉なども「舞の会」の**旅先での句**。〈木屋町の灯ともし頃や柳散る〉〈旅愁あり古き港の夏の夕〉は宿へ帰る前のくつろぎのひととき。

**舞の手の添水の音にふとうかぶ**　添水＝そふづ

舞の名手でもときにそんなことがあるかもしれません。**一瞬の切り取り**。添水ということで庭や夏座敷の様子まで伝わってきます。〈夏痩の足もと弱く舞ひにけり〉〈襟足に汗をおぼえて舞ひつづく〉も舞の句。〈舞すみておしろい匂ふ浴衣かな〉も季節感たっぷりです。

**餅花にふれて行く妓や大広間**

〈叱られて襖しめ行く夜寒かな〉。まだ幼さが残るような舞妓でしょうか。**女性の描き方**にも**舞踊家**の目が光ります。〈不機嫌の化粧くづれや春の風邪〉〈暫し居てまた出て行く妓切炬燵〉は芸妓かもしれません。〈夜桜やつとめの隙を門に立ち〉も花街情緒を感じさせるスケッチ。

**櫛重く五月雨髪を束ねけり**

気だるい梅雨の一日。竹久夢二の絵を思わせます。〈手枕のかひなをぬけて秋の風〉〈うたたねの誰がかけくれし薄羽織〉も**艶っぽい句**。〈五月雨や傘をななめに裏戸より〉〈誘はれて羽織をぬぎし薄暑かな〉は所作で〈くちなしの香やその人の在る如く〉は香りで艶を表現しました。

## 87 身の丈俳句

『家』加藤かな文（1961-）

「家と職場を往復する日々、家族とともに暮らす日々。それが私のすべてであり、そこからしか私の俳句は生まれません」とあとがきにあります。吟行に出かけなくても、句会などに参加して兼題で作らなくても、通勤の行き帰りなどで充分句作できます。いわば身の丈俳句。

**枯木見てまつすぐな道帰りけり**

〈冬の川毎日越ゆる毎日見る〉〈吊革のぶつかる音や冬の月〉などは**通勤俳句**。〈数へ日や一人で帰る人の群〉と一年が暮れてゆきます。〈何でもない今日といふ日を花吹雪〉〈夾竹桃踏切が開きまた歩く〉とまた季節が巡ります。淡い哀感と季節感と…。勤め人としての日々です。

**校舎からこちらを見る子栗の花**

〈教師らはチョークに汚れ鰯雲〉は教師としての日々。教室の窓からふっと遠い空を眺めたりすることもあります。〈教室の雀追ひ出す日永かな〉〈まつすぐに並ぶ卒業生の椅子〉は生徒とのシーン、いわば**職場俳句**。〈猫柳雨に学生服匂ふ〉は共感の一句。そうです、独特の匂いです。

## 冬の雨ポストの中を手紙落つ

今度は**日常のなにげない生活シーンの切り取り**。〈立冬や鏡に乾く歯磨粉〉〈外套を重ねて吊す父と子の〉〈明かり消す水仙のかたまりを消す〉。さりげなく詠まれていますが、どこかに寂寥感の漂う句。でも〈することのなくてしばらく春の風邪〉といった日もあります。

## 大きくも小さくもなく初日あり

〈夏祭つまらぬものを買ひにけり〉〈鉄棒にもたれてをりぬ盆踊〉などは**休みの日々**。〈大人ゆゑゑのころ草はちぎらざる〉〈鳰《にほ》の渦残して家に帰りけり〉。退屈しているわけではありませんが、心ここにあらずという印象です。〈蟹が来る母の在所の洗濯機〉は帰省時の句。

## あめんぼう遠くのあめんぼう揺らす

**自然とのふれあいのひととき**です。〈筍の遠き一つに雨が降る〉〈雲の峯まぶしきところから崩る〉〈とまりたきもの見つからぬ赤とんぼ〉などは遠い眼差し。〈見失つてはかはほりの増ゆるなり〉〈つながりしとうすみ波が波を押す〉〈空つぽの音する雨の葱坊主〉は孤愁。

# 88 些事を詠む

『北野平八句集』北野平八（1919-1986）

人が目に留めないようなところを俳人の目でひょいと切り取る。そんな句です。それでいて季節感があふれていたり、物語が背後に見え隠れしたり——。味わいがあります。些事を詠んでいながら、思いがけない発見、取り合わせの妙、さりげない諧謔味などなど。発想も多彩です。

**蚊を打ちし両手はすこしくひ違ふ**

そういえばそんなことあるなあと共感。〈窓形に車内の日射し稲の花〉〈薄氷の裏の空気のうごきをり〉。**人の気づかないところに詩情**を見つけました。〈桜貝足あとひとり岐れをり〉〈巴里祭明けて外階段の塵〉〈鰻丼や鏡の隅に段梯子〉は映画のなにげないワンショットのような句。

**足首へ雨あしきたる氷店**

**些事で季節感**を切り取ります。〈蹠《あうら》より剝がす飯つぶ土用波〉は海の家でしょうか。〈雑巾のねじれ乾きに草いきれ〉。絞ったぞうきんがそのまま乾ききりました。〈門に電灯もるる渡り鴨〉は門をもれる秋灯。〈潮の香や風鈴とりしあとの紐〉。そろそろ秋の気配です。

## ソースつく指の繃帯雲の峯

**取り合わせの妙**。雲の峯の白さが際立ちます。〈裏側へ出づる釘尖《さき》羽抜鶏〉はどちらも間の抜けた感じ。〈頬杖は淋しちりめんじやこもまた〉〈大阪はしぐれてゐたり稲荷ずし〉も頷けます。〈回転扉ひとなく廻る渡り鳥〉〈駅時計の真下にゐたり十二月〉は象徴性を持たせました。

## 蜜柑手に席が空きしといふ仕草

〈炭火熾すことのみ思ふといへる顔〉〈作柄を吊皮二つ越しに問ふ〉〈コック出て投手の仕草松の内〉。本人は大真面目でも**どこか笑える仕草や表情**を探します。〈数へざる鴨が数へし中へ来る〉。おやおや一からやり直しです。〈ひと電車伊勢参り衆やり過ごす〉も目に見えるような景。

## 遮断機の向うで待てる捕虫網

〈風船に詰めて子の息母の息〉〈野分後の家族の箸の並びゐる〉。**市井のひとコマを一句に**しました。〈金魚玉二階にひとりの生活《たつき》して〉〈米屋からラジオが聞こえ明易き〉など、下町の暮らしぶりが見えてきます。〈海苔巻の外の飯粒猫の恋〉は路地住まいの夕餉どきです。

89

# 肯うということ

『垂直』柴田佐知子（1949-）

諦めとも違います。あるがままに肯《うべな》う。でもしっかり矜持は持ってというそんな日々を詠んだ句。自分自身、暮らし周辺でのこと、父母のこと。そして自然へ目を向けて。落ち込んでとても俳句など作る気にならない。そんなときでも俳句は作れるというお手本のような句集です。

**川幅に川の収まる秋まつり**

**自然を眺めての感慨**。〈波失せし海のやつれや韮の花〉〈川底を石も流れて青胡桃〉〈山を消す雨となりたる新豆腐〉など。「風も光も自分の中を通り抜けていくように感じた」と句集のあとがきにあります。シンプルで透明感のある句の背景に澄んだこころが感じられます。

**逆らはず囮の鮎として泳ぐ**

囮鮎としての一生を肯っているかのような鮎。〈俎の海鼠が指を押し返す〉〈たんぽぽやまだ角のなき牛の貌〉など、そんな**小動物に気持ちを寄せます**。〈冬ざれや空ゆくときの鳥の脚〉〈夜は色を手放してゐる曼珠沙華〉は無防備で開放された時間へのあこがれでしょうか。

**香水や贅のひとつに独り身も**

〈正座して正視して涼新たなる〉〈涼しくて誰でも好きになれさうな〉。作者のいう「死へ向かってゆく自分もまた自然の姿そのもの」という**達観**です。しかしときに〈間を置かず否と答へし暑さかな〉〈群るる気はなしマフラーを巻き直す〉とこころが荒立つ日もあります。

**父ははに同じ夕暮桃の花**

桃の花がいかにも親へのやさしい**眼差し**を感じさせます。〈母よりも箒が高し冬桜〉〈母留守の父は小さし釣忍〉なども同じ。〈遠泳の終りは海を曳き歩む〉〈断念の涼しき顔となりにけり〉は共感を込めて。〈洗はれしやうに目覚むる昼寝の子〉など子供を詠んだ句も目立ちます。

**能面の裏は月夜の山河かな**

ひとり自分を見つめる時間。〈狼に古墳の月の上がりけり〉〈白桃の水寄せつけず洗はるる〉などといった**寂寥感**にあふれた句が見られます。〈夏負けの様を不敵と見られたる〉と誤解をされたり〈逢へぬ日の水打つ更に遠く打つ〉などと人恋しさが込み上げてきたりもします。

90

# 自在に遊ぶ

『和栲《にきたへ》』橋　閒石（1903・1992）

「喜びも歎きも、安らぎも苦しみも、病み衰えまで含めてのいっさいに遊ぶこと。そんな遊びの中にかすかに浮き出てきたものがこの句集だ」とは作者の弁。鑑賞にあたってもあれこれ意味づけしたりせず、そこに漂う気分を味わえばいいのだと思います。自在の俳味です。

**裏側をゆくとき遅し走馬灯**

代表句となった〈階段が無くて海鼠の日暮かな〉も同じ。解釈はいろいろ分かれそうですが**達観したような生の淋しさ**を感じさせます。〈春の猫抱いて川幅ながめをり〉〈音立てて時なが れゆく酢蓮根〉〈幹という幹の隙間は冬の沼〉。どこか吹っ切れたような清々しさがあります。

**雁帰る幕を揚げてもおろしても**

ダンディズムでしょう。〈着流しのまま暮れてゆく木の芽和〉〈白扇をたためば乾く山河かな〉〈北斎を見る極月の橋わたり〉。静かで豊かな時間が流れてゆきます。〈三枚におろされている薄暑かな〉〈詩も川も臍も胡瓜も曲りけり〉とどんなときでも自在なこころを失いません。

## 人肌の匂うがごとし帰り花

といって枯れてしまったわけではありません。**老いてますます艶**を増すという感じ。〈空蟬のからくれないに砕けたり〉〈下町や殊にしたたる女傘〉〈朱鷺色の衿裏なりき雪の宿〉といった句が見られます。〈たましいの玉虫色に春暮れたり〉と思いはあれやこれやと彷徨《さまよ》います。

## 昼間から酔うたり雨の曼珠沙華

〈夏風邪をひき色町を通りけり〉〈昼風呂を出て藁塚を遠望す〉〈遠回りして夕顔のひらきけり〉。**飄々とした日々**です。〈ひとつ食うてすべての柿を食い終わる〉〈数学が好きでこのごろ笹子くる〉とマイペース。〈縄とびの端もたさるる遅日かな〉といった日もあります。

## 日輪を呑みたる蟇の動きけり

ものごとを見つめる目にも**肝が据わっています**。〈生米の奥は千里の冬霞〉〈すっぽりと大根ぬけし湖国かな〉とスケールが大きい。〈顔じゅうを蒲公英にして笑うなり〉は優しい視線。〈お浄土がそこにあかさたなすび咲く〉と死に対しても自在な遊びごころを見せたりもします。

## 91

# 青い目の俳句

『むつごろう』ドゥーグル・J・リンズィー（1971-）

オーストラリア生まれ。平成三年に日本へ留学して以来、俳句に熱中。日本語ばかりでなく文語や旧かなもマスターして、わずか十年にして句集を出すまでになりました。あとがきに「私は定型と戦う、戦うからこそ強くなる」とあります。ではその発想法を見てみましょう。

**たんぽぽの絮のやうなる日過ぎゆく**

再来日後、夢中になって海洋研究に勤しんだ日々でしょうか。〈帰省してまづ握りたり海の水〉は故国へ帰った際の句。〈仙人掌の実も棘ゆたかクリスマス〉は南半球のクリスマスかもしれません。〈暖簾くぐり足長蜂にぶつかりぬ〉〈凩や耳は人の葉かも知れぬ〉などもユニーク。

**卯の花や石段に我が影折れて**

いかにも**科学者らしい視点**です。〈Vの字の先頭重く雁渡る〉。雁行の先端にかかる圧力を思いました。〈田植うる原稿用紙に書くごとく〉〈梅雨は縦に振り子は横に音たてて〉などと座標軸をつい考えてしまいます。〈未知のもの霧中の耳朶に集ひけり〉と聴覚も鋭敏です。

## 夫婦喧嘩西瓜の種を吐くごとく

ユーモアというよりまさしく**俳諧味**。日本人顔負けです。〈犬と話すときだけ外すサングラス〉〈主張通す主婦長葱を振りながら〉などもとぼけた味わい。〈鵲や好きなのど飴見付からず〉〈アルバムへしづかに瀑布しまひけり〉〈懐妊を木菟に告ぐ蟻に告ぐ〉などにも舌を巻きます。

## 太極拳の翁空蟬より軽し

〈動く時おたまじやくしとなりにけり〉〈花火終へ期待の闇のなほつづく〉。作者は海洋研究開発機構で深海生物を研究する特別研究員。**繊細な観察力**はさすがです。〈家出されし後のやうな冬の空〉〈葉桜になりゆく二十五歳かな〉などのように季語の捉え方にも新鮮味があります。

## 海蛇の長き一息梅雨に入る

ハハハ、思わずその体長を考えてしまいます。〈飛び魚の翼広げしまま死せり〉〈月明に射され水母《くらげ》の崩れたり〉も**海洋生物学者の視点**です。〈納豆の絲伸ぶ船の無電室〉は勤務中。〈白魚食ひ一匹ごとに鬱《ふさ》ぎゆく〉。ひょっとしたら踊り食いをすすめられたときの句かもしれません。

92

# 泰然と眺める

『記憶』宇多喜代子（1935-）

腹を据えて泰然と風景や世間を眺める。これまで見えてなかったものや既成観念でかすんでいたものが見えてきます。矜持を失わずに、しかも柔軟なこころで日々を送ります。ある日ふとものごとの本質がちらりと見えたりします。そんなときを逃さず一句にしたような印象です。

**一対という美しき松飾**

門松のあの端正な美しさは一対であればこそです。〈引くときの音を大きく土用波〉〈水の魂つらねて跳ねる雪解川〉〈瀬頭に刃のひかり秋はじめ〉なども**風景が語りかけてくるメッセージ**を一句に。〈秋涼し土蔵の壺中にも時間〉。土蔵の壺の中に悠久なる時の流れを感じました。

**鮟鱇の性根をたたえ昼の酒**

吊るし切りにされる鮟鱇。その毅然とした態度に賞賛の目を向けました。鮟鱇も本望でしょう。〈こちら向く律儀がおかし羽抜鶏〉〈赤鱏《えい》の菱形切羽つまりたる〉〈秋蛙仰天の目の並びたる〉なども**愛すべき動物たち**です。〈はんざきのぬらりくらりを目で量る〉は山椒魚への眼差し。

## 青柿にこれからという日数かな

柿の実のこれからの生涯へ思いを巡らせました。といってもクールな目です。〈散り際をあやまたず散る百日紅〉。花どきが長いといっても散りどきを心得ています。〈秋の草十把一絡げがたのし〉〈こちら向く三色菫もてあます〉なども**季語にまつわる情緒を取り払った捉え方**です。

## おのずから定員のあり花筵

世の中の不文律。ものごとにはやはりほどのよさというものがあります。〈泥水に泥手を洗う半夏生〉〈働いてくる日くる日の青嵐〉。**人の営み**はこういうものだと恬淡と眺めます。〈赤ん坊の五体のくびれにも爽気〉〈猫に猫人に人添う月下かな〉などはいのちに関するしみじみとした述懐です。

## 酔眼をするりと鹿のすりぬける

いささか酔ってはいても眼力だけは確かです。〈元日はよきかな雨も雨音も〉〈占いの凶なるもよし桃の花〉と**泰然自若**。〈大根を断つ一閃に始まる日〉と気力も充実。でも〈へこへこの鎖骨肋骨ところてん〉〈子猫の名いまだ決まらず雨止まず〉などといった日もときにはあります。

93

# 和製ハードボイルド

『暦日抄』安住　敦（1907・1988）

フィリップ・マーロウはレイモンド・チャンドラーが生んだハードボイルド小説の主人公。彼の有名な台詞に「強くなければ生きていけない、優しくなければ生きている資格がない」があります。なんだかこの句集の雰囲気に合います。少し無常観もというのが和製たる所以。

## 冬の沼何の杭とも知れず立つ

**乾いた抒情。**〈冬の蜂眼かひを過ぎまた返す〉〈逝く夏や夕日あたれる松の幹〉。ものを見据える目に揺らぎがありません。〈蓮も枯れ水も涸れぬとひとりごつ〉。虚無感とも違います。〈またもとの枯野の景となりしかな〉〈風邪ぐすり噛むや喪の家より戻り〉は腹が据わった諷詠。

## 雨の日は雨の雲雀のあがるなり

〈虻生れすなはち翅音立てにけり〉〈夕風のまつはる萩となりしかな〉など**情を抑えた自然諷詠**に味があります。〈莟あるかぎり朝顔咲きにけり〉〈うぐひすに空美しく昏れむとす〉では優しい目を向けました。〈枯れつくすまで鶏頭を立たせおく〉。おっとこちらはハードボイルド。

**鞦韆に夜も蒼き空ありにけり**

ハードボイルドな男は一方で**ロマンティスト**でもあります。〈籐椅子あり夕べはひとを想ふべし〉〈仄とある落葉明りや思慕に似て〉と人に思いを寄せたり〈鷗ひとつ舞ひゐて春の風邪心地〉〈老しづか梅雨の火鉢に火を埋《い》けて〉などと静かなひとりの時間を過ごしたりもします。

**曇りぐせいつよりつきし辛夷かな**

〈人いとふ瞼ふたぎぬ秋の蟇〉〈かかる日はひとりでゐたし鳥雲に〉〈四月馬鹿逢はねば嘘もなかりけり〉などと**歎き節**が出ることもあります。〈老残の恋猫として啼けるかな〉は自嘲。でも〈しづけさのあきらめにも似枯野の日〉と、タフな男は耐える男でもあります。

**梅匂ふ夜や子の部屋に辞書借りに**

〈子を海にやりて幾夜やつりしのぶ〉〈兄よりも妹がかなし鳥雲に〉。子と距離をとりながらも**情愛にあふれた句**です。〈春深し妻と愁ひを異にして〉〈花冷の妻を距てし襖かな〉〈鵙鳴けり朝から黙しゐる妻に〉は妻に対しての句。〈春昼や妻の辺《へ》に来て用はなし〉と不器用です。

94

# 青春の詩

『花氷』日野草城（1901-1956）

十六歳から二十五歳まで十年間の約二千句が季題別に収められています。序文は高浜虚子、水原秋桜子ほか五名。いかに草城が期待されていた新鋭だったかがわかります。青春の情熱をもって瑞々しい感性で奔放に詠いあげました。典雅で清新、色香が匂い立つような句群です。

**花影を身にふりかむる月夜かな**

〈春暁や人こそ知らね樹々《きぎ》の雨〉〈月させばさゞれ波あり金魚池〉。いかにも青春、**瑞々しい情景**を描きました。〈仁丹を清水の中へこぼしけり〉も爽やか。〈果樹園を守る灯影や露しぐれ〉は余情あり。〈手力《たぢから》や新酒の樽に錐を立つ〉はきりっとした若々しさにあふれた句です。

**秋の夜や紅茶をくゞる銀の匙**

〈船の名の月に読まるゝ港かな〉〈咲けりとも人は知らじな花茗荷〉。透明感のある哀しみといった印象があります。〈暮れはてゝ提灯つけぬ蕎麦の花〉〈塵取をこぼるる塵や秋の暮〉は物憂い感じ。〈星屑や鬱然として夜の新樹〉はどこか**甘酸っぱいようなもの思い**のひとときです。

**春の夜やレモンに触るゝ鼻の先**

**匂いや触感**を若々しい感性が捉えます。〈朝すゞや肌すべらして脱ぐ寝間着〉〈糊利いて肌につれなき浴衣かな〉。肌触りがありありと伝わってきます。〈うちひらく傘の匂や夏の雨〉〈朝寒や歯磨匂ふ妻の口〉〈口中に漂ふ柚の香冷奴〉はナイーブな感覚が捉えた初々しいような香り。

**湯疲れに解けゆくからだ春の雨**

〈短夜や捌いて寝たる洗ひ髪〉〈春の灯や女は持たぬのどぼとけ〉〈南風や化粧に洩れし耳の下〉。アンニュイな雰囲気であだっぽさを醸し出しました。〈秋風や子無き乳房に緊《かた》く着る〉〈のぼせたる頰美しや置炬燵〉〈新涼や女に習ふマンドリン〉も**清々しい色気**を感じさせます。

**水餅の水の濁りや冴返る**

**青年の倦怠感**でしょうか。〈秋の蚊のほのかに見えてなきにけり〉〈ところてん煙の如く沈み居り〉〈秋風や寝くたれ髪は藻のごとし〉。少しけだるいような時間が流れます。〈裸灯に浮いて夜寒の目鼻かな〉〈酔ざめの水のうまさよちゝろ蟲〉は珍しくふっと素顔を見せた句です。

**95**

# こころの柔軟体操

『遊戯《ゆげ》の家』金原まさ子（1911-）

明治四十四年生まれ。句集の紹介文に「九十九歳の不良少女」とあります。「賜ったいのちを大切になどという自覚もなく只単純にさまざまな事をふしぎがり、おもしろがって生きて来た」という作者の柔軟な俳句の発想法を見ていきましょう。年輪を重ねた余裕が感じられます。

## 丸善を椿が出たり入ったり

椿を抱えた女性でしょうか。いえいえ椿の花が出たり入ったりしています。〈四谷駅から青大将が降りて来た〉。駅からとんでもないものが降りてきました。〈月夜かなめがねをかけた蝶々かな〉。こんな蝶々もいます。**不思議なものを見る**ことができるのも俳人の条件の一つです。

## 灯ともすと怖い書斎のヒヤシンス

おっと、ヒヤシンスを怒らせてしまいました。〈天空をダリの時計と黄金虫〉〈したしたした白菊へ神の尿〉など。**ちょっとした幻想**を楽しみます。〈螢袋のぞくと男巫がいた〉と妙なものも見つけます。〈妄想のところどころに舌平目〉と食事中の幻想からときどき覚めたりも。

## いつすり替わる姉妹牡丹雪

今度は魔法をかけてみました。姉と妹が入れ替わります。〈片仮名でススキと書けばイタチ来て〉はおまじないでしょうか。〈白板《パイパン》をツモると紅梅がひらく〉は麻雀の途中。〈摘むと失うローズマリーの記憶〉〈凝っとしているとノギクは熱をもつ〉も**魔術の世界**です。

## エシャロットセロリラディッシュ星月夜

もちろん野菜の名前ですが、星月夜とくるとなんだか**物語**の登場人物を思わせます。〈スカラべの王位をねらう肢づかい〉〈裸馬暗くよぎれり王妃死亡説〉では古代エジプトへワープです。〈月光の白牡丹鎖でつなぎある〉〈あれは三鬼星バスタブ溢れだす〉はなんとも色っぽい。

## 言うておくムラサキクラゲは弱視なる

〈鯉は単純孑孑《ぼうふら》は多感なる〉。みんなが気づいていない**真理**や**宇宙の法則**などを見つけます。〈蓑虫を無職と思う黙礼す〉〈ナメクジの死は塩辛し夕凪も〉などもなるほどです。〈正解は槍鶏頭の根方見よ〉と答えは意外なところに。〈つまりただの菫ではないか冬の〉と冷静にもなります。

## 96 肝の据わった句

『高きに登る』遠山陽子（1932-）

作者は藤田湘子に俳句の基礎を学び、のちに三橋敏雄に師事。句は多彩ですがどっしりと揺るぎのない自分があります。肝の据わった詠みぶりです。情にもたれず、それでいて詩情が湧き出るような句をどう詠むか——。さあ、雑念を払って、ゆったりした気息であなたもどうぞ。

**本堂炎上その夜のしだれ櫻かな**

燃え上がる炎としだれ桜。なんとも**濃艶な幻想**シーンですが、気骨のある作者像が浮かびます。〈海鳴りか白蛾が卵生む夜か〉にはスケール感、〈瞑ればまなうら紅し鶴くるころ〉は透明感のある詩情。〈寒月光万巻の経崩れ落ち〉はスローモーションのような映像が浮かんできます。

**船と沈むグランドピアノ夏の月**

〈海底に山脈ありて鯨越ゆ〉〈電話線海底を行くクリスマス〉。まるで**神の目線で眺めたような雄大な景**が広がります。〈地震列島ところどころに揚花火〉もはるかな天空から眺めた花火。〈北上すケビンに泳ぐ熱帯魚〉ではぐーんとキャビンの水槽へズームインしました。

**緑夜なり眼球に水ゆきわたり**

からだ**感覚**を詠みました。清涼感のある句。〈萍や人体の水古びつつ〉はもの懐かしいような疲労感。〈力入れて閉づる瞼や雪の夜〉〈板の間に吸ひ付く足裏夏来たる〉なども実感としてよくわかります。〈猪食うて生あたたかき足の裏〉。足の裏までめぐってきた血を感じました。

**靴下の穴に手の行く文化の日**

恬淡と日々を送る。〈富士は見えたり見えなかつたり干布団〉〈鳥雲に慶弔同じ服を着て〉〈梅雨の夜気かたまるところエビフライ〉。諦観ではありません。**まあこれが人生だという達観**です。〈立つたまま口紅つかふ鶴来るころ〉〈どんみりと冬川を見て加賀にあり〉はリリシズム。

**雛の日の肉叉《フォーク》の数の足らぬなり**

なにか不穏な予感。気分の悪いことでもあったんでしょうか。〈なまぐさし螢柱のただなかは〉〈海鼠嚙むことも別れも面倒な〉〈定刻に初日のあたま出でにけり〉は**投げやりな感じ**です。〈もう誰の墓でもよくて散る櫻〉〈どうとでもとれる恋文浮いてこい〉などはやや捨て鉢な気分。

## 97

# 作家の日々

『吉屋信子句集』 吉屋信子（1896-1973）

ご存じのように大正・昭和に活躍した作家。俳句は昭和十九年に鎌倉へ疎開した際、星野立子と知り合って始めました。戦後は虚子庵での句会のほか、いとう句会、文春句会、銀座百点の句会などに忙しい中、熱心に出かけたようです。そんな人気作家の日々の俳句です。

**春の宵鋏の小鈴よくひびき**

**書斎での息抜きのひととき**。身の回りの小道具を詠みます。〈原稿紙ペンの遅速に遠蛙〉と想を練ったり〈ペンに倦む心遊ばす蠅叩〉と気を紛らしたり…。〈頬杖をついて遅日の机かな〉。なかなか筆のすすまない一日です。〈古暦やつれて月日とどめけり〉と年も暮れてゆきます。

**今日泊る街の西日に着きにけり**

多忙な日々ですが、**旅先**でも作句を忘れません。〈浅間山月に煙をあげにけり〉〈鮎の宿岐阜提灯の夜となりぬ〉などでは軽くスケッチしました。〈水底の石みな透ける涼しさよ〉は伊勢のいすず川で。川底の小石に着目しました。〈魚市場終りしあとへ金魚賣〉は焼津での一句。

いそがしきあとのさびしき夕桜

〈花曇人声遠く聞えくる〉〈短日の灯に客残す美容院〉など、**夕方の散策**での句でしょうか。〈緑蔭に自転車止めて賭將棋〉などと街角の風景を切り取ります。〈鎌倉へはや夏帽子かぶりそめ〉〈履きそめのかたき鼻緒や初詣〉。帽子や下駄に久しぶりの外出に弾む心を託しました。

おみくじを受けて香水匂はせて

**作家の目**で詠んだ句。〈春の雪かゝりし髪の匂ふかな〉〈香水や闇の試写室誰やらん〉などと匂いに敏感です。〈羽織紐結びつ解きついひわけし〉〈熱燗を置くや指先耳に当て〉。人の動きや所作も句材となります。〈おでんやがよく出るテレビドラマかな〉は批評家としての目。

縁談に去年今年なきもつれかな

ドラマの**一場面を設定**して詠みます。これはお手のものでしょう。〈事決す吸殻挿して立つ火鉢〉〈人を待つ画廊の椅子に日脚のぶ〉〈宿直の青年教師夕ざくら〉など、バリエーションも多彩です。〈金魚賣買へずに圍む子に優し〉〈浮浪児の嘗めて離さず甘茶杓〉は優しい句。

98

# 老いを詠う

『盆点前』草間時彦（1920 - 2003）

老いを嘆いたり、開き直ったりするのではなく、清々しく受け入れる――。そんな端然とした日々が詠まれていいます。亡くなるまでダンディだった作者の風貌が浮かんでくるような句が揃いました。老いに対する前向きな美学を感じます。老いを詠むお手本のような句集です。

**牡蠣食べてわが世の残り時間かな**

牡蠣＝かき

牡蠣を食べながらというのがいいですね。老いを肯《うべな》いつつそれを楽しむといった風情があります。〈正座して脚衰へし余寒かな〉〈老いざまのかなしき日なり實千兩〉〈古文書のごとき甚平着たりけり〉は**老いの自覚**。でも〈おじんにはおじんの流儀花茗荷〉とわが道を行きます。

**寝る前の白湯一碗や冬はじめ**

家居にあっても**折り目正しい暮らし**です。〈初日いま書架に届きて淡々し〉〈一と鉢の小さな春の窓辺かな〉などと虚心坦懐に日々を送ります。もちろん〈あぐらかくことのさみしや冬ごもり〉といった日もあれば〈梅雨ごもりとは探しものすることか〉などということもあります。

## あつあつのあんかけうどん近松忌

食通で知られた作者だけに七十代になっても**食べ物俳句**は健在です。〈歌舞伎座におでんやのある年の暮〉〈かけそばに落とす玉子や寒の内〉〈牛鍋のあと白妙の餅入れて〉など、普段の暮らしの中でシズル感をスッと掬い取ります。〈しまあじをサラダ仕立や夜の秋〉もおしゃれ。

## 年行くやからたちばなの紅き実も

老いの艶といった趣き。〈きらきらと光琳笹を時雨過ぎ〉〈利休忌や摘みて三つ葉の辛子和〉。背筋をぴんと伸ばした作者像が浮かびます。〈埋め火のごとき想ひも老いにけり〉〈嫂《あによめ》のうつくしかりし祭かな〉〈夢の世の闇うつくしや螢狩〉などは〈惜春や喜寿には喜寿の思ひごと〉。

## ありありと晩年が見え梅の花

〈晩年のうすくらがりや暮の秋〉と冷静に自分の老いと向き合います。〈鯛茶漬朧いよいよ濃かりけり〉〈七輪の炭の香の年暮るるなり〉などは**恬淡と眺めるまわりの風景**。〈五色豆卓にこぼれし淑気かな〉〈降る雪の金泥なせり沼の面〉などは残された時間が放つひかりでしょうか。

99

# 道草ごころ

『ひとつ先まで』水上博子（1944-）

自分の思いや生活をあまり俳句の世界に持ち込まない。そんな俳句観なのかもしれません。いわば人生の道草といった感じで詠まれています。口語を基調にした明るくて軽快な句。読後に爽快感が残ります。でもこの道草が本来の人生なんだと納得させられてしまう句集です。

**大あぐらかく鼻といる夕涼み**

ちょっと**悪戯**ごころで横顔を眺めてみました。〈無花果はジャムに恐竜はいしころに〉。ジャムを煮ていても心は石器時代へ。〈子規居士の柿は蔕《へた》までかじられて〉。柿を目の前にして食いしん坊の子規を思います。〈煮崩れのかぼちゃ明日は応挙展〉ともう予定が決まっています。

**消波ブロックあざらしごろり冬ごろり**

〈夏帽子ひとつ先まで乗ってみる〉〈白鳥に会えずに帰る上天気〉〈大回りという四温の遊び方〉などと道草気分で出かけます。〈ジンベエ鮫と春のひと日のずる休み〉〈流木の焚火ポケットウイスキー〉。**気取らない自然流**です。〈葉桜を来て低周波マッサージ〉と肩の凝る日もあります。

## **ゆく夏を帽子の箱にしまいけり**

大事な思い出も一緒に仕舞います。〈遠雷や棚田に青き風の立つ〉〈瀬田川にオールの揃う薄暑かな〉〈揚雲雀ずんずん容れて空の青〉などはそれぞれ**人生の道草のひとコマ**。大切な時間です。〈淡交の人と若宮おん祭〉。気のおけない仲間ともほどよい距離を保って過ごします。

## **くずし字をあだこうだと春の風邪**

〈夏休みペディキュアやらマニキュアやら〉。ぐずぐずと**こころの道草**の一日です。〈枕木が私の歩幅犬ふぐり〉〈ひょいと買う墓地一区画赤のまま〉となにごとにもマイペース。〈じゃあねよりまたねが好きで年の暮〉〈底冷えを押し付けあって鼻と鼻〉。気さくで飾りがありません。

## **からくりのとんぼがえりや信長忌**

からくり人形の動きから信長へ。〈神様のヨーヨー白い百日紅〉〈風船を追っていく子の背に翼〉〈たましいをちらしているよかなかなは〉なども**屈託のない夢想の世界**です。〈仰向けの蟷螂火星近づきぬ〉〈声の出る自販機といる星月夜〉は個性的な作者ならではの童話の世界。

## 100 郷土の四季

『地霊』成田千空（1921-2007）

中村草田男が〈みちのくも北深く棲み一気冴ゆ〉という序句を寄せているように、故郷である津軽の明暗両面が詠まれています。北の風土のなかで日々生きる実感に裏打ちされたものばかり。では四季折々の青森の風土、農作業、人々の暮らし、元気な子供たちなどの句をどうぞ。

**雪卸しあぐねて幾日人に疎し**

**厳冬の青森での暮らしぶり**。〈犬一匹町も野中の吹雪ざま〉といった中でも〈鋤の鍬錆《くぎ》びたる冬も働けり〉〈焼薯屋佇つ歳月はすべて雪〉と人々は働かないわけにはゆきません。〈橇の子のもんどり打つて澄みきる空〉〈油田鉄塔勁しラガーのスクラムも〉は子供や若者のスケッチ。

**農具船具一納屋に春俄かなり**

そして**春は俄かにやってきます**。〈掌《たなそこ》に拳一と打ち田起しへ〉〈種案山子没り日の赤さ極まれる〉。農作業も忙しくなります。〈春燈の鈴ふるふごと点る路地〉〈菜の花や暮色蹴散らす岬の波〉と喜びのあふれる季節。〈鶏鳴や林檎万朶に花芽の芽〉。林檎も一気に芽吹いてきます。

## 大粒の雨降る青田母の故郷《くに》

**夏の郷土の風景**です。まさに〈烏瓜野良着をまとひ惑ひなし〉という爽やかな季節。〈かはせみの紫紺一閃よき日なれ〉〈乙鳥の胸のまろみも日の出前〉〈玫瑰や波をなだむる砂の隈〉など叙景句も明るい調子になります。〈水着緊むる雪国の肌まぎれなし〉と女性へも目がいきます。

## 煌々と田植仕舞ひの燈なりけり

〈馬肥ゆる微塵無限の日のひかり〉。いよいよ**実りの秋**。〈混沌の夜の底ぢから佞武多引く〉〈蒼々と夜の峰見ゆる魂まつり〉。秋は祭のシーズンでもあります。〈豊の秋逢ひたる友を鷲掴みに〉と旧交をあたためたり〈林檎甘し酸し光陰はただ迅し〉などと、もの思いに耽ったりもします。

## 棺の蓋閉ぢたり母の十三夜

〈病む母のひらがなことば露の音〉〈父母ねむる冬なり杉の青こもり〉〈雪を踏み納骨の山振りむかず〉は母親を亡くされた際の一連の句です。このほか**母親を詠んだ句**には〈こがらしに母在り熱き飯ほぐす〉などがあります。〈焚き添へてふくらむ藁火遠い母〉は母恋いの句。

あとがきにかえて　句集の作り方入門

一般的に句集づくりの手順としては結社に所属して何年かたった段階で、これまでの主宰の選を経た句のなかから自選をし、さらに主宰に再度選を受けて絞り込んだ三百句余りで構成するということになります（結社に所属していない場合は自選になりますが）。

構成の方法としては次のような方向があります。いずれにしても季節の順を追って掲載していくというのが基本となっています。

①句作年月日順／日記風に日々の出来事を詠んだ句が多い場合など
②数年毎に区切って季別に／何年かごとに句風や詠むテーマが変わってきている場合など
③全体を季別に／章立ては春夏秋冬と新年となりますが、どの季節からスタートしても可
④章立てして季別に／それぞれの章のテーマを定める場合。章のなかでは季別に並べます
⑤季語別に／大作家など、読者の便を図るために歳時記のように季語別に構成したもの

おおむね右のような構成方法がとられますが、変則的でも構いません。要は読み手が不自然に感じなければいいのです（季節や月日の流れに沿ってというのが自然ですが）。

これまでに作った句をどう並べるかという句集の作り方が大半ですが、あらかじめ句集のテーマを決めておいて作り溜めていくということがもっとあっていいのではないかと思います。恋やペットを詠んだものなどはその一例。いわば「書き下ろし句集」です。

そのほか絵画やイラスト、写真、人形などの作品との「コラボレーション句集」も最近はよく見られます（これからはCDやDVDの句集も出てくるかもしれません）。あと「エッセイ&俳句」や「日記に一句添えて」といったもの。芭蕉の『奥の細道』などのひそみに倣って「紀行文&俳句」というのもあります。これなどは吟行ツアーなどによく参加される方にはうってつけのスタイルだと思います。

出版社で自費出版（買い取り）というのが普通ですが、俳句賞を狙うといったことでなければ、私家版や町のプリントショップでの簡易印刷で充分。費用も格安で手軽に作れます。俳人としての名刺代わりにということであればパソコンの編集ソフトで作製するのもいいでしょう（でもまずはいい俳句を作ることが肝心ですが）。

# 句集一覧

## 第一章

◆**『五百句』高浜虚子**（１８７４・１９５９）

昭和十二年刊。いかにも虚子らしいふてぶてしいような句集名です。このあともホトトギスの五百五十号記念に『五百五十句』、以降も『六百句』『六百五十句』『七百句』があります。

◆**『喝采』白濱一羊**（１９５８・）

平成十九年刊の第一句集。平成四年に職場句会をきっかけに作句開始。初めて新聞俳壇へ投句した「青空に喝采のごと辛夷咲く」が小原啄葉の秀逸になったのを機に「樹氷」に入会。

◆**『鎮魂《たましづめ》』西村和子**（１９４８・）

平成二十二年刊の第六句集。昭和四十一年「慶大俳句」に入会、清崎敏郎に師事。平成八年、行方克巳と「知音」創刊。句集はほかに『夏帽子』『窓』『かりそめならず』『心音』など。

◆**『日暮れ鳥』守屋明俊**（１９５０・）

平成二十一年刊、第三句集。三十五歳で俳句を始める。昭和六十一年「未来図」入会、鍵和田秞子に師事。平成十一年より「未来図」編集長。句集はほかに『西日家族』『蓬生』。

◆**『和音』津川絵理子**（１９６８・）

平成十八年刊。平成三年「南風」入会。序で山下樹実雄は「新鮮な手造りの発想が随所に見られて不思議な世界へ誘われる」「犀利な感覚でとらえた確かな現実感がある」と書いている。

◆**『砂糖壺』金子　敦**（１９５９・）

平成十六年刊の第二句集。繊細な感覚で切り取った情景が個性的。昭和六十二年「門」入会。平成十四年「門」退会後「新樹」を経て、現在は「出航」所属。句集はほかに『猫』『冬夕焼』。

◆**『雑記雑俳』徳川夢声**（１８９４・１９７１）

昭和二十七年の『句日誌二十年』にそれ以降の句を加えて三十四年に発行された。下欄にそれらの句が誕生した日々の記録が記されており読み物としても楽しめる。

◆**『鏡浦《きゃうほ》』小野恵美子**（１９４２・）

平成二十年刊。「鏡ヶ浦」は館山湾の別名。あとがきに彼の地を愛した母に捧げる一書とある。昭和三十四年「馬酔木」入会。句集はほかに『埴輪の馬』『海景』『岬端《こうたん》』がある。

◆**『知命なほ』伊藤伊那男**（１９４９・）

平成二十一年刊。俳人協会新人賞の『銀漢』につぐ第二句集。昭和五十七年、皆川盤水主宰「春耕」に入会。現在「銀漢」主宰。神田神保町の「銀漢亭」の店主でもある。

◆**『手袋』大山文子**（１９４９・）

平成二十二年刊の第一句集。序で山尾玉藻が「吟行で培った確かで落ち着いた観察眼が作句力の源泉になっている」と指摘している通り、目のつけどころが新鮮。平成七年「火星」入会。

◆**『雪片』久場征子**（１９４０・）

平成八年刊の第一句集。〈赤い羽根つけた人だけ通りゃんせ〉

といった皮肉な視点の川柳から〈恋うつろそんなこんなの寝ぐせ髪〉といった恋の句まで多彩。句集はほかに『間違い絵』。

◆『**山廬集**』**飯田蛇笏**（1885-1962）

昭和七年刊の第一句集。昭和六年から逆年順に明治二十七年までの一七八四句が収められている。ホトトギスの代表作家の一人。大正六年「雲母」を創刊主宰。

◆『**瞬く**』**森賀まり**（1960-）

平成二十一年刊。『ねむる手』に次ぐ第二句集。昭和五十八年「青」入会。平成四年、夫の田中裕明とともに「水無瀬野」を創刊、これが「ゆう」の母体となる。六年「百鳥」入会。

◆『**百鬼園俳句**』**内田百閒**（1889-1971）

昭和十八年刊。岡山の六高時代以降の句を集めて昭和九年に第一句集『百鬼園俳句帖』を上梓。それにその後の句を加えたのがこの句集。絶句は「蝙蝠の夕闇浅し町明かり」。

◆『**火珠**《ひしゅ》』**西山　睦**（1946-）

平成十五年刊。『埋火』に次ぐ第二句集。昭和五十三年「駒草」入門。以後阿部みどり女、父である八木澤高原、蓬田紀枝子の指導を受ける。平成十五年より「駒草」主宰。

◆『**日光月光**』**黒田杏子**（1938-）

平成二十二年刊の第五句集、蛇笏賞受賞。大学入学と同時に山口青邨門に入る。十年の中断を経て再入門。青邨没後「藍生」創刊主宰。句集はほかに『木の椅子』『一木一草』など。

◆『**青空**』**和田耕三郎**（1954-）

大病を得て再手術後に上梓された第四句集。平成十九年刊。昭和五十一年「蘭」入会、退会後は「OPUS俳句会」代表同人。句集はほかに『水瓶座』『午餐』『燃』。

◆『**梟のうた**』**矢島渚男**（1935-）

既刊の五句集から三百三句を抄出したもの。平成八年刊。「鶴」で石田波郷に師事、波郷没後は加藤楸邨の「寒雷」、森澄雄の「杉」へ。平成三年以降「梟つうしん」（現在は「梟」）を発行。

◆『**雪解**』**皆吉爽雨**（1902-1983）

昭和十三年刊。序は高浜虚子、跋は大橋桜坡子。大正八年より「ホトトギス」へ投句。同十一年大阪のホトトギス系俳人とともに「山茶花」創刊。昭和二十一年「雪解」創刊主宰。

◆『**平日**』**飯島晴子**（1921-2000）

平成十三年刊の遺句集。生前に句稿は自選・清書されており、題も作者自身が決めていた（藤田湘子選の句を数句追加）。昭和三十五年「馬酔木」初投句。三十九年「鷹」創刊参加。

## 第三章

◆『**枯野の沖**』**能村登四郎**（1911-2001）

昭和四十五年刊。第三句集。昭和十四年より「馬酔木」へ投句。四十五年「沖」創刊主宰。句集はほかに『咀嚼音』『合掌部落』『民話』『天上華』『長嘯』『易水』『羽化』など。

◆『**歳月**』**結城昌治**（1927-1996）

結核で入院した清瀬の国立東京療養所で石田波郷に出会い、

句作に熱中。その頃の句を主体にして、二十数年後に再度句作を始めた頃の句を加えたもの。昭和五十四年刊。

◆**『鶸《ひわ》』清水径子**（１９１１・２００３）

昭和四十八年刊の第一句集。昭和二十四年「氷海」創刊、秋元不死男に師事。昭和五十四年「琴座」入会、「らんの会」結成。句集はほかに『哀湖』、『夢殻』、『雨の樹』など。

◆**『何の所為《せゐ》』大場佳子**（１９４４・）

師の中原道夫が序文で「一過性の笑いではなく謐かな彼女がそこにいる。生きることのほろ苦さ、憂愁が垣間見れる句集」と評しています。平成十五年刊の第一句集。

◆**『容顔《ようげん》』樋口由紀子**（１９５３・）

平成十一年刊の第二句集（川柳）。「ＭＡＮＯ」編集発行人。「豈」同人。著書に『ゆうるりと』などの句集のほか、エッセイ集『川柳×薔薇』がある。

◆**『水を朗読するように』河西志帆**（１９４８・）

〈軍人が前列中央さるすべり〉〈煮凝の水平線に魚の眼〉などの本格的な句もあり、独特の視線で切り取られた個性溢れる句もあり。平成二十年刊の第一句集。「海程」「京鹿子」「里」同人。

◆**『澪標《みをつくし》』三好潤子**（１９２６・１９８５）

昭和五十一年刊、第二句集（序は山口誓子）。昭和二十七年から榎本冬一郎の「群蜂」へ投句。三十七年「天狼」に入会、山口誓子に師事。句集はほかに『夕凪橋』『是色』がある。

◆**『子の翼』仙田洋子**（１９６２・）

平成二十年刊、第三句集。大学時代に「作句ゼミ」や学生俳句会で俳句を学ぶ。その後石原八束の「秋」、有馬朗人の「天為」に所属。句集はほかに『橋のあなたに』『雲に王冠』がある。

◆**『鍵盤』谷口摩耶**（１９４９・）

平成九年刊の第一句集。吉田鴻司は序で「口語的発想の句の中には童女的な一面も見られる」と書いている。メルヘンのような詩情が行間にあふれる句集。昭和六十年「河」入会。

◆**『黄金《おうごん》の街』仁平　勝**（１９４９・）

第三句集（平成二十三年刊）。章立ては「世代論」に始まって「恋愛論」「国家論」「都市論」「習俗論」など全十二章、各二十句。団塊の世代の青春の匂いがそこかしこに。

◆**『北方兵團』片山桃史**（１９１２・１９４４）

昭和十五年刊。西山泊雲、のちに日野草城に師事。昭和十年「旗艦」創刊とともに同人として参加。桃史の戦場俳句は軍事郵便で内地へ送られ「旗艦」に掲載された。

◆**『日の鷹』寺田京子**（１９２５・１９７６）

昭和四十二年刊の第二句集。胸部疾患により女学校を中退。二十余年療養生活を送る。昭和二十三年より加藤楸邨に師事。四十五年「杉」に同人参加。句集はほかに『冬の匙』『鷺の巣』。

◆**『天気雨』あざ蓉子**（１９４７・）

平成二十二年刊の第四句集。穴井太の「天籟通信」で俳句を始め、「豈」を経て「船団」に入会。平成十年「花組」創刊。句集はほかに『夢数へ』『ミロの鳥』『猿楽』。

◆『荷風句集』**永井荷風**（1879-1959）

昭和二十三年刊。俳句では若い頃、松根東洋城らと交友。明治三十年頃には尾崎紅葉の「紫吟社」に属し、巌谷小波の「木曜会」の会員でもあったが、俳壇との交わりはなかった。

◆『**見舞籠**』**石田あき子**（1915-1975）

昭和十七年石田波郷と結婚。二十三年以降、夫の看護を続けながら句作にはげむ。この句集は夫の死の直後に刊行された。俳人協会賞受賞。「鶴」同人、「馬酔木」同人。

◆『**松本たかし句集**』**松本たかし**（1906-1956）

昭和十年刊。宝生流能役者の長男として生まれるが、病弱のため能役者への道を断念。大正末年から高浜虚子に師事。昭和二十一年「笛」創刊。句集はほかに『鷹』『野守』『石塊』『火明』。

◆『**山国**』**相馬遷子**（1908-1976）

昭和三十一年刊。先行句集『草枕』の抄録も含めた実質的な第一句集。昭和十年以来「馬酔木」「鶴」に投句。句集の序は水原秋桜子、跋を石田波郷が書いている。高原派と称される。

◆『**光の伽藍**』**仁藤さくら**（1948-）

平成十八年刊、第二句集。ひかりのなかの生と死がテーマ。大学卒業後、短歌を書き始める。その後俳句に転じ、「鷹」を経て「船団」会員。第一句集は『Amusiaの鳥』。

◆『**空の季節**』**津沢マサ子**（1927-）

平成四年刊の第三句集。先の『楕円の昼』『華蝕の海』を併せて編まれた。西東三鬼の「断崖」に所属したあと、昭和四十二年より高柳重信に師事。五十六年「俳句評論」退会。以降無所属。

◆『**主審の笛**』**中田尚子**（1956-）

平成十五年刊の第一句集。現役の中学教師だけに、学校を題材にとった句や幼い子供を詠んだ句が多い。昭和五十四年「濱」入会。平成六年「濱」退会、「百鳥」入会。その後「百鳥」退会。

◆『**まぼろしの鱶**』**三橋敏雄**（1920-2001）

昭和四十一年刊。昭和十二年以来、渡辺白泉、西東三鬼に学び新興俳句の有力新人として脚光を浴びる。戦後は「天狼」などに参加。句集はほかに『真神』『畳の上』『しだらでん』など。

## 第三章

◆『**汀**《みぎは》』**井上弘美**（1953-）

平成二十年刊、第三句集。琵琶湖の四季を詠んだ句も多い。昭和五十九年より関戸靖子に師事。六十三年「泉」入会。句集はほかに『風の事典』『あをぞら』（俳人協会新人賞）。

◆『**右目**』**小豆澤裕子**（1957-）

平成二十二年刊、第一句集。昭和四十九年波多野爽波主宰の「青」に入会。平成三年「青」終刊後は俳句から遠ざかる。平成十四年「里」入会。

◆『**海の旅**』**篠原鳳作**（1906-1936）

死後の昭和十五年に『現代俳句第三巻』に収められた作品集。生前に句集はない。吉岡禅寺洞の「天の川」に参加。連作という手法で無季俳句の可能性を広げた。

◆**『鮫とウクレレ』栗林千津**（1910・2002）

平成七年刊の第十一句集。昭和三十二年「みちのく」入会、三十九年「鶴」、四十年「鷹」入会。『水の午後』以来二年ごとに句集を出版。六十二年「小熊座」入会。「船団」会員。

◆**『花石』柿本多映**（1928・）

平成七年刊。ご主人の友人、阿川弘之氏が序文を寄せている。五十歳近くなって「渦」に参加、赤尾兜子に師事、没後一周忌を経て「草苑」「犀」入会。

◆**『雨滴集』星野麥丘人**（1925・）

『弟子』『寒食』に次ぐ、平成八年刊の第三句集。「鶴」へ入会して石田波郷、石塚友二に師事。昭和六十一年より「鶴」主宰を継承。『雨滴集』で俳人協会賞を受賞。

◆**『十一月』渡辺鮎太**（1953・）

『鮎』に続く第二句集（平成十年刊）。本人はとぼけているつもりはない。いたってロマンティック。でもおかしい。癒し系最右翼の句集。「沖」同人を経て現在「梟」同人。

◆**『寒冷前線』吉本和子**（1924・）

平成十年刊。夫は吉本隆明、次女に吉本ばなな。俳句を詠み出して二年足らず、まさに一気に詠んだ書き下ろしのような印象のある句集。俳句に対しての新鮮な感覚が溢れている。

◆**『コイツァンの猫』こしのゆみこ**（1951・）

平成二十一年刊の第一句集。懐かしさが溢れてくるようなあたたかな句集。平成元年「海程」入会、金子兜太に師事。同六年、超結社句会「豆の木」結成。のちに代表・編集人となる。

◆**『十五峯』鷹羽狩行**（1930・）

平成十九年刊、蛇笏賞受賞の十五冊目の句集。山口誓子・秋元不死男に師事、昭和五十三年「狩」創刊主宰。「年迎ふ山河それぞれ位置に就き」など簡明にして詩情溢れる句風健在。

◆**『吉右衛門句集』中村吉右衛門〈初代〉**（1886・1954）

昭和十六年刊。高浜虚子の序文に「ありのままを叙したと見えるが、それでいてその奥に深い味わいがある」とある。平成十九年に新装版発行。二代目吉右衛門の母方の祖父に当たる。

◆**『ロダンの首』角川源義**（1917・1975）

〈花あれば西行の日とおもふべし〉などの句で知られる俳人の第一句集。昭和三十一年刊。角川書店の創立者にして国文学や民俗学にも造詣が深い。昭和三十三年「河」創刊主宰。

◆**『花束』岩田由美**（1961・）

平成二十二年刊の第三句集。「青」入会。平成三年波多野爽波死去により「青」終刊。その後「藍生」「屋根」に所属。句集はほかに『春望』『夏安《かあん》』。夫は俳人の岸本尚毅。

◆**『含羞』石川桂郎**（1909・1975）

昭和三十一年刊の第一句集。第一回俳人協会賞受賞。序を石田波郷、跋を中村草田男が書いている。戦後より「馬酔木」に参加。随筆や小説も書き、編集者でもあった。

◆**『鏡騒』八田木枯**（1925・）

平成二十二年刊の第六句集。「天狼」を経て昭和六十二年「雷魚」創刊同人に。同人誌「晩紅」を経て「鏡」同人代表。句集に『汗馬楽鈔』『あらくれし日月の鈔』『於母影帖』『天袋』『夜さり』。

◆『海市郵便』仲　寒蟬（1957‐）

平成十六年刊、第一句集。「港」「里」同人。第五十回角川俳句賞受賞。ユニークな視点だが穿ちとは違う。〈寒卵割つてその死のみづみづし〉などのように詩情に裏打ちされている。

◆『創世記』西山春文（1959‐）

平成十五年刊の第一句集。昭和六十一年「狩」入会、鷹羽狩行に師事。明治大学教授。「薫風や肘で押さへし答案紙」など、職業柄、大学キャンパスに取材した句も多い。

◆『河豚提灯』吉年虹二（1925‐）

平成十一年刊。句集名は「河豚提灯浮世の風に膨れけり」による。昭和三十年「いそな」（のちに「未央」）に投句。四十八年「ホトトギス」に投句。平成五年より「未央」主宰。

◆『雄鹿』中西　愛（1929‐）

平成十九年刊。昭和三十二年「青」入会以来、平成三年波多野爽波が亡くなるまでの三十五年にわたる句が収められている。「青」終刊後は「洛」を経て「ゆう」入会、田中裕明に師事。

◆『草の花』中尾寿美子（1914‐1989）

昭和五十年刊の第三句集。昭和三十年「水明」（長谷川かな女）入会。三十四年「氷海」（秋元不死男）に同人参加。五十四年「琴座」入会。句集はほかに『天沼』『狩立』『老虎灘』など。

## 第四章

◆『蕩児』中原道夫（1951‐）

平成元年刊の第一句集。この句集で俳人協会新人賞受賞。平成十年から銀化主宰。句集『蕩児』の「銀化」の章に〈初夢のいくらか銀化してをりぬ〉の句がある。

◆『淅淅』藤木倶子（1931‐）

平成二十一年刊、第七句集。昭和五十三年「泉」入会、小林康治に師事。五十五年「林」創刊に参加。平成五年「たかんな」創刊主宰。句集はほかに『竹窗』『栽竹』『火を蔵す』など。

◆『深淵』神生彩史（1911‐1966）

昭和二十七年刊。代表句は「抽斗の国旗しづかにはためける」。昭和九年より一貫して日野草城に師事。新興俳句運動の渦中に入る。「旗艦」「琥珀」、戦後は「青玄」創刊に参加した。

◆『変哲』小沢昭一（1929‐）

平成四年刊。変哲は作者の俳号。著書の『句あれば楽あり』には東京やなぎ句会の模様が楽しく紹介されている。「俳句武者修行」は他の句会へ乗り込んだ話。

◆『鯨の目』成田三樹夫（1935‐1990）

平成三年刊。それまでに書き溜めた句に入院中のものを加えた。無季・自由律の句も多いが、いずれも感情を抑えた、いかにもいぶし銀の役者だった人にふさわしい句。

◆**『摩訶』高橋悦男**（1934-）

平成二十二年刊の第六句集。早稲田大学を定年退職する前後五年間の句を収める。句集名は「摩訶般若波羅蜜多と読み始む」から取られている。昭和五十七年「海」創刊主宰。

◆**『大阪とことん』小寺　勇**（1915-1994）

昭和六十三年刊。旧作から大阪的なものを抽き出して一集としたもの。跋文は木津川計、表紙絵とカットは江国滋。日野草城に師事。句集に『婆娑羅』『随八百』『小寺勇句集』など。

◆**『麗日』永方裕子**（1937-）

昭和六十三年刊、第一句集。跋は草間時彦。昭和四十九年「万蕾」入会、殿村菟絲子に師事。五十四年より草間時彦に師事。平成八年「梛」創刊主宰。句集はほかに『洲浜』がある。

◆**『萩供養』岸田稚魚**（1918-1988）

昭和五十七年刊、第五句集。昭和十八年より「鶴」に参加、石田波郷に師事。昭和五十二年、結社誌「琅玕」を創刊主宰。句集はほかに『負け犬』『筍流し』『紅葉山』など。

◆**『雑草園』山口青邨**（1892-1988）

昭和九年刊の第一句集。大正十一年から「ホトトギス」へ投句。同年水原秋桜子、山口誓子らと東大俳句会に参加。昭和四年「夏草」を創刊主宰。句集はほかに『雪国』『冬青空』など。

◆**『縄文』奥坂まや**（1950-）

平成十七年刊。俳人協会新人賞の『列柱』に続く第二句集。「季語の世界は、天地交響する縄文の宇宙そのもの」とあとがきにある。昭和六十一年「鷹」入会、藤田湘子に師事。

◆**『年月』小笠原和男**（1924-）

平成二十一年刊、第六句集。橋本鶏二、石田波郷、石塚友二に師事。細川加賀の知遇を得て「初蝶」主宰となる。句集はほかに『遊神』『華蔵界』『日永』『放下』『方寸』がある。

◆**『夜のぶらんこ』土肥あき子**（1963-）

平成二十一年刊。平成十年「鹿火屋」入会。十二年「ににん」創刊同人。第一句集は「水温む鯨が海を選んだ日」で知られる『鯨が海を選んだ日』。ほかに句画随筆集『あちこち草紙』。

◆**『鳥屋《とや》』攝津幸彦**（1947-1996）

昭和六十一年刊。五七五の定型に乗せて意味を拭い取った言葉だけの世界が展開される。句集はほかに『鳥子』『與野情話』『陸々集』『鹿々集』など。享年四十九歳。

◆**『森は聖堂』花谷　清**（1947-）

平成二十三年刊の第一句集。和田悟朗は序文で「自然を自己流に少し解析した手法を用いている」と評している。作者は物理学者。母・花谷和子に俳句入門。二十三年より「藍」主宰。

◆**『花実』高田正子**（1959-）

平成十七年刊の第二句集。平成六年春から十七年初夏までの句が収められている。俳人協会新人賞受賞。平成二年「藍生」創刊と同時に参加。黒田杏子に師事。第一句集は『玩具』。

◆**『絵のある俳句作品集』清水凡亭**（1913-1992）

昭和六十三年刊。元平凡出版（現マガジンハウス）創業社長。

昭和五十一年より句誌「淡淡」主宰。日本各地のほかパリで「絵のある俳句展」を数回にわたり開催、好評を博する。

◆**『花狩女』小澤克己**（1949-2010）

平成十二年刊の第四句集。昭和五十二年「沖」入会、能村登四郎に師事。平成四年「遠嶺」創刊主宰。句集はほかに『青鷹』『爽樹』『オリオン』『風舟』など。評論集に『艶の美学』など。

◆**『流寓抄』久保田万太郎**（1889-1963）

古稀の記念として昭和三十三年刊行。昭和二十年から三十三年まで、作者五十六歳から六十九歳までの千八十九句を収録。以前よりもさらに心境的、私小説的な色合いが濃くなっている。

## 第五章

◆**『星涼』大木あまり**（1941-）

平成二十二年刊の第五句集。読売文学賞受賞。昭和四十六年「河」入会、角川源義に師事。平成二十年より「星の木」同人。句集はほかに『山の夢』『火のいろに』『雲の塔』『火球』。

◆**『草に花』川島　葵**（1959-）

平成二十年刊の第一句集。視座にゆるぎがなく、読み終えたあと、作者の個性が立ち上がってくる。平成八年より「泉」所属。平成十七年創刊の「椋」に入会、石田郷子に師事。

◆**『伊月集　梟』夏井いつき**（1957-）

平成十八年刊。四十代の四百句をまとめた第二句集。「藍生」所属、黒田杏子に師事。俳句集団「いつき組」組長。俳句甲子園の運営にも携わる。第一句集『伊月集　龍』ほか著書多数。

◆**『父寂び』大牧　広**（1931-）

昭和五十七年刊の第一句集。「馬酔木」「鶴」を経て「沖」で能村登四郎・林翔に師事。平成元年「港」を創刊、主宰。句集はほかに『午後』『昭和一桁』など。

◆**『鱧の皮』田辺レイ**（1935-）

『枯野びと』に続く第二句集（平成二十一年刊）。書名は〈鱧の皮別れ話はあとまはし〉から取られている。ほかに〈ふかし芋一本男などいらず〉などの句もある。「狩」同人。

◆**『武原はん一代句集』武原はん**（1903-1998）

昭和六十一年刊。序は山口青邨、装画は堀文子。ホトトギスで高浜虚子・年尾・稲畑汀子の三代にわたって選を受けた昭和十三年から昭和六十年までの約千四百句がまとめられている。

◆**『家』加藤かな文**（1961-）

平成二十一年刊の第一句集。俳人協会新人賞受賞。平成五年「槐」入会。岡井省二・児玉輝代に師事。平成十三年「槐」退会、児玉輝代らと「家」を創刊。現在、「家」編集発行人。

◆**『北野平八句集』北野平八**（1919-1986）

昭和六十二年刊。生前の句集『夏芝居』（昭和五十六年刊）を含めた遺句集。昭和四十五年より「草苑」入会、桂信子に師事。第一回俳句研究賞受賞後、半年余りで肺癌で死去。

◆**『垂直』柴田佐知子**（1949-）

両親の病気や手術、自身も体調を崩し旅する機会もほとんどなかった時期に詠まれたという第四句集(平成二十一年刊)。「白桃」を経て平成十五年「空」創刊主宰。

◆『和栲《にきたへ》』橋　閒石（1903-1992）

昭和五十八年刊。蛇笏賞受賞。章立ては「阿」「佐」「幾」「游」「面」。続けて読むと「浅き夢」となる仕掛け。七十五歳から八十歳までの句が収められている。

◆『むつごろう』ドゥーグル・J・リンズィー（1971-）

平成十三年刊の第一句集。留学中、「季刊芙蓉」の須川洋子宅へホームステイしたことをきっかけに俳句を始める。深海生物を研究する海洋生物学博士。句集はほかに『出航』がある。

◆『記憶』宇多喜代子（1935-）

平成二十三年刊の第六句集。「草苑」で桂信子に師事。平成十七年より「草樹」会員。句集はほかに『りらの木』『夏の日』『半島』『象』などがある。『つばくろの日々』など著書多数。

◆『暦日抄』安住　敦（1907-1988）

昭和四十年刊の第四句集。富安風生、日野草城に師事したあと、戦後すぐ久保田万太郎を主宰とする「春燈」を立ち上げる。万太郎没後「春燈」主宰を継承。

◆『花氷』日野草城（1901-1956）

昭和二年刊の第一句集。序文は高浜虚子ほか。才気煥発、明快で清新。昭和十年「旗艦」、戦後二十四年「青玄」を創刊主宰。句集はほかに『青芝』『昨日の花』『人生の午後』など。

◆『遊戯《ゆげ》の家』金原まさ子（1911-）

作者九十九歳の平成二十二年刊。第三句集。昭和四十五年「草苑」に創刊同人として参加。平成十三年「街」入会、十九年「らん」入会。句集はほかに『冬の花』『弾語り』。

◆『高きに登る』遠山陽子（1932-）

平成十七年刊の第四句集。「馬酔木」「鶴」を経て昭和三十九年「鷹」創刊に参加。五十三年より三橋敏雄指導句会「春霜」に参加。平成十五年、個人誌「弦」創刊。「雷魚」「面」同人。

◆『吉屋信子句集』吉屋信子（1896-1973）

昭和四十九年刊の遺句集。序は星野立子と中村汀女。水原秋桜子、富安風生、永井龍男、五所平之助らが悼句を寄せている。安住敦の悼句は「星涼しけれども吉屋信子の忌」。

◆『盆点前』草間時彦（1920-2003）

平成十年刊。作者七十代の句集。水原秋桜子、石田波郷に師事。「馬酔木」「鶴」を経て、昭和五十一年より無所属。句集はほかに『中年』『淡酒』『櫻山』『朝粥』『瀧の音』などがある。

◆『ひとつ先まで』水上博子（1944-）

平成二十二年刊の第一句集。句集の解説で坪内稔典は「取り合わせが明確。句のリズムもイメージも歯切れがよい」と評している。平成八年から作句開始。十二年「船団」入会。

◆『地霊』成田千空（1921-2007）

昭和五十一年刊の第一句集。昭和二十一年「萬緑」創刊とともに参加。六十三年、在郷のままで第四代選者に、平成十三年代表となる。句集はほかに『人日』『白光』『忘年』などがある。

著者略歴――――
ひらのこぼ
昭和23年京都生まれ。大阪大学工学部卒業。汽船会社設計部を経て、昭和48年、広告制作会社へコピーライターとして入社。奈良市在住。平成10年、銀化(中原道夫主宰)に入会、現在銀化同人。里同人。俳人協会会員。既刊『俳句がうまくなる100の発想法』『俳句がどんどん湧いてくる100の発想法』『俳句発想法 100の季語』『俳句名人になりきり100の発想法』(いずれも草思社刊)は従来にない斬新な方法論の入門書として好評を博している。

名句集100冊から学ぶ
俳句発想法



2011年11月30日　第1刷発行

著　者　ひらのこぼ
装丁者　前橋隆道　千賀由美
発行者　藤田　博
発行所　株式会社草思社
〒160-0022　東京都新宿区新宿5-3-15
電話　営業 03(4580)7676　編集 03(4580)7680
振替　00170-9-23552

印　刷　日経印刷株式会社
製　本　株式会社坂田製本

ISBN978-4-7942-1865-0 Printed in Japan　検印省略

http://www.soshisha.com/